TOT ET SERÀ PRES

L'odissea

7

PAU JOAN HERNÀNDEZ

TOT ET SERÀ PRES

Il·lustracions de
DÀRIA ESTEVA SETTIMÓ

Editorial Empúries
BARCELONA

Editorial Empúries, Peu de la Creu, 4, 08001 Barcelona
correu@grup62.com
grup62.com
Primera edició: març de 1986
Vint-i-setena edició: maig del 2006
ISBN: 84-7596-071-5
DIPÒSIT LEGAL: B. 27.356-2006
Imprès a Novagràfik s.l., Pol. Ind., Foinvasa, Vivaldi, 5,
08110 Montcada i Reixac

No deixis res
per caminar i mirar fins al ponent.
Car tot, en un moment,
et serà pres.

SALVADOR ESPRIU

No t'enfonsis mai,
segueix caminant,
pensa que un somriure et pot aixecar.
No t'enfonsis mai,
mira el cel,
els arbres del camí,
el teu somriure et pot aixecar!

XAVIER ORÓ

Per a la Marta Fernàndez, companya de tants camins,
vora qui vaig aprendre
que viure, estimar i ésser un mateix
són les tres coses més importants que hi ha.

PRIMERA PART

CAPÍTOL PRIMER

HORA DE VISITA

FENT un pas tremolosament fort, va entrar.

L'habitació estava en la penombra, i en Xavier Albà va trigar una mica a veure-hi bé, després de la intensa llum blanca que hi havia al passadís. Quan, finalment, els seus ulls es van acostumar a la poca claror, va tenir la primera visió de tot el que voltava el cos agonitzant del seu millor amic.

L'habitació era una cambra d'hospital com moltes que havia vist al llarg de la seva vida, però els aparells eren ben diferents: un aparell, que encara no acabava de distingir bé, ocupava un lloc de preferència a cada costat del capçal del llit, i, de cadascun, en sortia una munió de tubs i cables que anaven a inserir-se en el cos immòbil que jeia enmig.

La infermera li ho havia avisat: el pitjor de tot era l'aspecte del cos, i no era pas perquè tingués gaire mal aspecte, ans, al contrari, perquè donava a entendre una plenitud i una fortalesa que contrastaven fortament amb l'embalum d'aparells que sostenien la seva vida: els cabells, d'un negre suau, queien llargs i lleugerament ondulats sobre la coixinera; la cara, de trets ben definits —el nas estret, les celles primes, els ulls petits sota parpelles baixes—, sobresortia amb gest serè dessota els llençols; el braç esquerre, on anaven a morir diversos tubs i cables, estès damunt el llit, s'endevinava de músculs ràpids, àgils, i el pit es movia en somnis amb una respiració calmada i forta.

En Xavier no va poder evitar un calfred en veure tot l'embalum que anava a connectar-se al cos del seu amic: cables al braç, al pit, a les temples; tubs que desembocaven al ventre, al dors de la mà esquerra...

Mentre l'estava mirant, la figura del llit es va moure.

—Maria? —preguntà una veu mig adormida—. Ets tu?

En Xavier es va agenollar al costat del llit, vora el capçal.

—Sóc jo, company...

Va acabar d'obrir els ulls.

—Has vingut...

—Ja ho veus.

Li va posar el braç esquerre a l'espatlla.

—Et faria una abraçada però, ja ho veus, em tenen immòbil —es disculpà, mig de broma—. I el cas és que em trobo perfectament...

—És qüestió de temps, que et recuperis —va mentir en Xavier.

El noi del llit el va mirar de fit a fit. Ningú no hauria pogut mentir davant aquell esguard.

—Qüestió de temps? —va preguntar.

En Xavier va apartar la mirada.

—Sí —respongué.

En Xavier Albà havia arribat aquell matí a Barcelona, en un tren ple de gom a gom i sacsejador, des del seu poble llunyà. Després d'haver creuat l'univers calit-

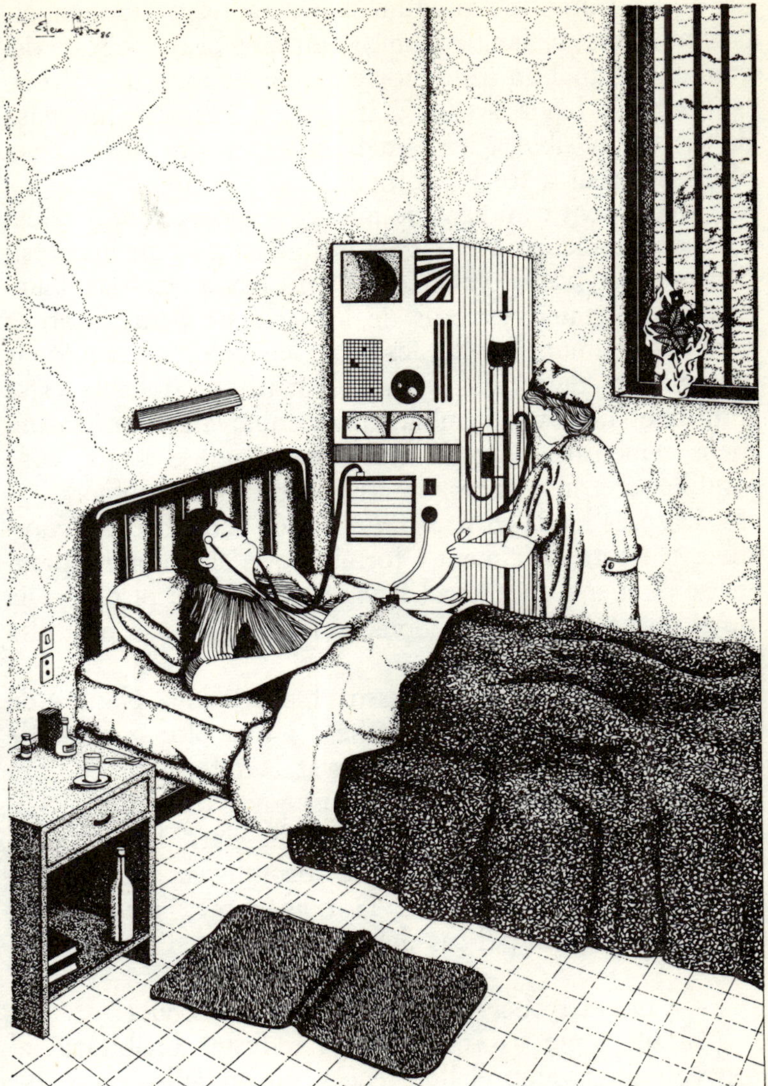

En Xavier no va poder evitar un calfred en veure tot l'embalum que anava a connectar-se al cos del seu amic.

jós de l'extraradi de la ciutat, entre fàbriques enrunades, camins plens de fang i enmig d'un aire brut, pol·luït, degradat, del qual un sol esmorteït treia reflexos de boirina.

Després havia arribat l'andana, a l'estació immensa de sostre invisible, i les escales, i la gent que anava i venia, indiferent a tot i a tothom...

Quan, sent estudiant de medicina a Barcelona, arribava cada diumenge a la ciutat per allotjar-se en una residència dels barris vells, sovint li havia agradat l'ambient dels grans vestíbuls de l'estació de Sants, amb la gent anant amunt i avall, les veus, les maletes, els plafons anunciadors dels trens... Aquell matí tot li havia estat indiferent i li havia semblat que caminava sol per un immens cementiri, on cada banc, cada forat d'escala, cada taquilla, eren una tomba oberta o un nínxol profanat.

Després havia sortit, sota el sol de setembre, a l'enorme estructura de ciment i formigó que algun cínic, pragmàtic de mena, municipal havia qualificat de plaça, havia pujat en un taxi i havia donat una adreça de la part alta de la ciutat.

I finalment, els passadissos blancs, amb plantes de plàstic, reflexos d'ivori sintetitzat i una olor general de mort asèptica. L'havia acompanyat la infermera que ara s'esperava a la porta: aquella noia jove, d'aspecte alegre i jovial, de cos menut, rosseta i d'ulls clars. Havien conversat un xic, més enllà del pur formulisme, i en Xavier Albà havia endevinat que la noia estava sincerament afectada i colpida pel cas del seu amic.

—Com et trobes? —va preguntar en Xavier.

El seu amic va sospirar, tot indicant l'habitació al seu voltant, ja amb el llum encès, els aparells...

—Tu mira'm! —va respondre—. Aparells de detecció

a les temples, al pit, a la mà, elèctrodes per tot el cap, aparells dibuixant l'activitat del meu cor i del meu cervell, sondes, tubs, immobilitzat en un llit d'hospital... Aquesta situació podria ser l'adequada per a una persona a punt de morir i en vigilància intensiva, però jo em trobo bé! Estic fort, no em falla el cap, em sento sa... ¿Per què no em diuen què hi faig aquí?

En Xavier va mirar de tranquil·litzar-lo.

—Tens especialistes al teu voltant; ells ja saben el que fan. Si són els millors del país! Mira, sense anar més lluny, el prestigi del doctor Casaforta!

—Te'ls pots ben guardar, els teus especialistes! No saben fer res més que mirar-me, com si jo fos una bèstia estranya, i treure'm mostres de sang... I quan els pregunto què carat em passa només saben arronsar les espatlles i dir coses per tranquil·litzar-me! —Es va calmar una mica i va agafar amb la mà dreta el braç d'en Xavier, que seia en una cadira vora el capçal del llit—. Xavi, tu ets el meu millor amic i, a més, estàs acabant medicina... No podries mirar de saber què em passa?

En Xavier Albà va sentir un nus a la gola. I tant que sabia què passava! Els pares del seu amic, quan l'hagueren d'internar en una clínica de Barcelona, n'havien parlat amb el metge del poble i aquest li ho havia explicat. Tenia al seu davant un dilema dur: ¿Tenia dret a mentir o amagar una cosa tan important al seu millor amic, tractant-se de la seva vida?

—Miraré d'esbrinar-ho —li va prometre.

Va desviar la conversa cap a unes altres coses i, tal com anaven parlant, en Xavier s'adonava que el seu amic conservava tota la força física i mental i que, d'una manera o altra, endevinava la veritat que tothom li amagava: la mort que s'acostava lentament.

Per una lleu indicació, feta des de la porta, al cap d'una estona, va comprendre que el seu temps de visita s'havia acabat.

Es va aixecar de la cadira i, abans de sortir de la cambra, va dir com a comiat.

—Me n'haig d'anar, però, si vols, tornaré demà.

—És clar que ho vull! ¿Vindràs a la mateixa hora?

—Sí. Fins demà.

—Fins demà, Xavier.

Va sortir de l'habitació. A fora, al passadís, la infermera —el seu amic li havia dit que es deia Maria— l'esperava per acompanyar-lo fins a l'ascensor.

—Com ha anat? —va preguntar ella.

—Ha anat bé i ha estat maco tornar a parlar amb ell. Tornaré demà —va respondre-li en Xavier, mentre tancava la porta de la cambra.

Van caminar per aquell passadís blanc tant llarg, fins que van arribar a la porta de l'ascensor. Llavors la noia es va acomiadar d'ell.

—Bé, aquí t'haig de deixar... —uns moments d'indecisió—. Ha estat una mica difícil, oi?

En aquella veu hi havia tendresa, simpatia i una forta comprensió de la situació del seu amic. Davant d'aquestes paraules, en Xavier no es va poder aguantar el sanglot que feia tantes hores, des que havia agafat el tren al seu poble, maldava per exterioritzar-se, ni va poder evitar de dir allò que portava tan endins.

—Maria, per què no li ho dieu? ¿Per què el teniu d'aquesta manera? No fóra més humanitari dir-li-ho tot? ¿Això, no podria ajudar-lo en la lluita contra la seva malaltia?

—Sí, suposo que sí, però els doctors Casaforta i Andreu han donat instruccions precises...

—Instruccions per a què? ¿Per a deixar morir un pacient en la ignorància? ¿Per a no donar-li ni tan sols una oportunitat de lluitar? Per a enganyar-lo miserablement?

—No, no és això...

—I tant si ho és! ¿No pots convèncer els doctors que li ho diguin? Se't nota, quan parles, que el cas del meu amic t'ha arribat al cor... ¿No em pots ajudar a ajudar-lo?

La infermera va abaixar un moment la mirada, com si mirés de prendre una decisió. Finalment va respirar fons, va mirar amb els seus ulls clars els ulls foscos d'en Xavier i hi va assentir.

—T'ajudaré.

Encoratjat per tot el que comportava aquella expressió, segur que era justament el que calia, en Xavier va prémer el piu de l'ascensor.

Mentre les portes s'obrien, no es va poder estar d'acomiadar-se de la Maria amb un breu petó a la galta.

La noia bruna va deixar caure la motxilla a terra i, mentre s'eixugava la suor que li regalimava pel front des dels seus cabells suaument arrissats, va mirar al seu voltant la bellesa magnificent de la muntanya.

Prou alta, prou gran, prou esquerpa, per això l'havia escollida, perquè la muntanya l'acollís a ella i esdevingués llar, lluny de la llar que ja no ho era.

La noia bruna havia caminat molt tota sola i havia meditat molt en la solitud del llarg camí. Ara, finalment, la muntanya es dreçava al seu davant, coberta de boscos i penyals, i ja semblava que no podia fallar res més.

Dins la motxilla portava els darrers detalls del seu equipament; la resta l'esperava en lloc segur, on ningú que no fos ella no la podria trobar.

Va seure una estona sobre la gespa fresca, tot sentint la flaire novella de les flors que s'obrien. Un moment de pau, de serenor... Quant de temps feia que no en tenia cap?

Ara, tot quedava lluny: la por, l'angoixa... Podien cercar-la, si volien, però ella estava ben tranquil·la.

Nova ermitana d'una llar abandonada, no la trobarien mai.

CAPÍTOL SEGON

LA NOTÍCIA

EL DOCTOR Casaforta, en sentir que trucaven a la porta, va deixar en un costat, sobre el gran escriptori, el dossier que estava llegint.

El doctor Casaforta ranejava a la seixantena i era alt, més ferreny que no pas gras i tenia un posat general d'autoritat innegable. Esguardava el món des de darrera unes ulleres gruixudes que mig amagaven els seus ulls, d'un blau aquós, i les seves celles que blanquejaven. El seu rostre, rodó i a voltes vermell, poques vegades es deixava travessar per un somriure i el seu front, sota el cap calb, gairebé sempre era solcat per arrugues de preocupació o d'enuig.

La seva veu, d'un baix potent, donà pas franc al seu despatx de direcció a la persona que havia trucat.

—Passi.

La porta es va obrir i va entrar un home jove, vestit amb una bata blanca. Era alt, prim, i el seu rostre, emmarcat per una abundosa barba negra, estava presidit per dos ulls foscos de mirada intel·ligent. Va entrar al despatx i va anar fins davant de l'escriptori.

—Bon dia, doctor Andreu —va saludar el director de la clínica—. Segui, si us plau.

—Vostè m'havia cridat... —va començar el metge jove, mentre s'asseia.

—Sí, doctor Andreu. Voldria parlar amb vostè del que em va dir ahir del pacient de la trenta-tres...

El doctor Andreu es va moure nerviosament a la cadira.

—Una opinió que mantinc, doctor —manifestà—. Crec que fóra molt convenient que el pacient de la trenta-tres sabés la malaltia que té.

—Així, doncs, vostè em parla de dir-li-ho tot. ¿I li sembla convenient anunciar a un jove la seva condemna a mort?

—Crec que fóra millor —va insistir el doctor Andreu—. Vostè sap com jo que és molt improbable que aquell noi se salvi. ¿Per què, doncs, hem d'agreujar amb mentides la seva agonia? ¿Com podem justificar d'altra manera el temps que fa que és a la clínica, i encara més amb tot l'embalum d'aparells que l'envolta, si no li diem la veritat?

—Són mentides pietoses, en tot cas.

—Però són mentides, al capdavall. ¿Vostè no creu que si ell sabia tot el que té estaria en millors condicions per a enfrontar-s'hi? ¿No creu que, en tot cas, es podria preparar per a una mort digna?

El doctor Casaforta va amagar un moment el rostre entre les mans, mentre al seu front es formaven solcs de preocupació. A la fi, va tornar a encarar-se amb el metge jove.

—Vostè creu de debò que això seria bo per a ell?

—N'estic convençut.

—I creu que ell ho vol saber?

—M'ho ha preguntat algunes vegades. Ho vol saber, desitja saber-ho. Sap que li amaguem alguna cosa i això potser és pitjor que saber la veritat.

—I... —el doctor Casaforta va fer una pausa— ¿vostè creu que el pacient està psicològicament preparat per a rebre una notícia com aquesta? No —va tallar amb un gest la resposta de l'altre—, això no ha de ser vostè qui m'ho ha de dir. Ha de ser una persona que l'hagi tractat de més a prop. Si no m'equivoco, ha de tenir assignada una infermera fixa... —el doctor Andreu va fer que sí amb el cap, tot i que sabia que el director ja sabia la resposta—. Qui és?

—La Maria Rius. Si vol fer-la avisar...

En aquell moment van trucar a la porta.

—Endavant —va invitar el doctor Casaforta.

La porta del despatx es va obrir i va entrar la Maria Rius.

—Perfecte, senyoreta Rius! —la saludà el director de la clínica—. Ara mateix la volíem fer avisar. Vol fer el favor de seure?

Sense entendre res, llançant mirades interrogatives a tots dos metges, la Maria es va asseure davant l'escriptori, al costat del doctor Andreu.

—Es tracta del pacient de la trenta-tres —va dir aquest darrer—. El doctor Casaforta i jo ens estàvem plantejant la possibilitat d'explicar-li tot el que es refereix a la seva malaltia.

La Maria va assentir amb el cap.

—Precisament venia a parlar d'això amb el doctor Casaforta —digué—. Resulta que ara mateix acaba d'anar-se'n la visita del pacient de la trenta-tres. Veuran: és un estudiant de medicina que, no sé pas com, sap detalladament les característiques de la malaltia del seu amic i també és partidari de dir-li-ho tot. M'ha demanat que parlés amb vostès per demanar-los-ho.

Un llarg silenci va seguir aquesta declaració. El doctor Andreu es va relaxar visiblement, mentre que el doctor Casaforta reduïa un petjapapers metàl·lic a una forma impossible de reconèixer.

—O sigui, que tornem al mateix —digué a la fi— i tornem també al punt sobre el qual volíem parlar amb vostè, senyoreta Rius. Vostè té un tracte diari, i molt més sovintejat que no pas el que hi tenim nosaltres, amb el malalt de la trenta-tres. El coneix molt més bé que nosaltres. ¿Vostè creu que ell serà psicològicament prou fort per resistir una notícia tan greu?

La Maria no s'ho va pensar gaire.

—Sí, és prou fort, n'estic segura.

El doctor Casaforta va fer que sí amb el cap, molt lentament.

—En aquest cas, li ho diré jo mateix. I esperem que això sigui la cosa més encertada.

La noia bruna es va aixecar i va tornar a carregar-se la motxilla a l'esquena, tot pensant que, com més aviat arribaria a la seva destinació, millor seria per als seus projectes. Va començar a caminar amb pas ferm, decidit, malgrat que havia fet molt de camí i que no havia dormit gaires hores. La muntanya s'alçava al seu davant com una promesa, com un miratge d'esperança. Tanmateix, sabia que li quedava molt de camí per fer, que potser encara un jorn la separava del seu objectiu.

Naturalment, hi havia dreceres que la hi podrien dur en un parell d'hores, però la prudència era important quan s'arribava a un punt com aquell, i la noia bruna s'estimava més perdre un dia fent una gran volta i estar segura que ningú no podria mai endevinar la seva destinació final.

Així, doncs, el seu camí va començar a fer-li voltar la muntanya.

Cada matí, a primera hora, el pacient de l'habitació trenta-tres era ajudat per la infermera a sortir del llit per tal de poder fer una mica d'exercici, uns instants només, però que l'ajudaven a conservar els músculs íntegres, a ser capaç encara, malgrat el temps que feia que era a la clínica, d'aguantar-se sobre les seves dues cames.

Aquell matí, però, no va ser la Maria qui va entrar a la seva habitació, sinó el doctor Casaforta, el director de la clínica, amb un posat seriós, com si tingués una cosa molt important a dir-li.

—Bon dia, doctor —va saludar ell.

En Casaforta va agafar una cadira d'un racó i va anar a seure a un costat del llit. En aquell moment, l'aparell que hi havia més a prop de la capçalera es va posar en funcionament, pel fet d'haver-hi una indicació oscil·lant en un dels altres aparells, i el malalt va sentir com entrava a la seva sang, durant uns segons, el sèrum que aquell artefacte subministrava.

—Bon dia, noi. Potser et fa estrany que jo vingui a visitar-te i no el doctor Andreu, com de costum...

—Exactament, ho ha encertat.

—Bé... —se'l notava vacil·lant—. He vingut perquè... Bé, hem pensat que tens dret a saber els motius que ens fan tenir-te connectat a tants aparells.

Al noi, van il·luminar-se-li els ulls.

—De debò m'ho explicarà?

—Sí, tot.

—Doncs endavant!

—D'acord. Suposo que saps què és una hormona: una substància que regula les reaccions químiques i les funcions fisiològiques dins el cos; n'hi ha que controlen la respiració, el creixement, els moviments del cor, la producció d'àcids gàstrics, el sexe, la producció globular... Però pot passar, a voltes, que una malaltia de tipus genètic alteri la producció d'aquestes hormones i el seu subministrament als òrgans.

—I això és el que em passa a mi?

—Sí. Tens una deficiència en el mecanisme de producció i acció de l'hormona que regula el pas de glòbuls vermells a la sang.

—O sigui, en paraules més entenedores: que els glòbuls no passen a la sang.

—Sí que hi passen però, de vegades, esporàdicament, no ho fan. Un d'aquests moments d'insuficiència et resultaria mortal. Els aparells detecten el moment en què es produeix l'atac i t'administren immediatament un sèrum amb l'hormona, que restableix l'equilibri fins que la insuficiència passa.

—I, si això és de naixement, ¿no m'hauria d'haver mort abans? —va preguntar el noi.

—De vegades aquestes coses no es manifesten de seguida —explicà el doctor—. Si la teva malaltia s'hagués desenvolupat normalment el més probable és que ja haguessis nascut mort.

—I, sense els aparells, en el meu estat actual, moriria al primer atac?

—Sí.

En Casaforta se sentia la boca seca. No sabia què era més difícil, si comunicar aquelles notícies o veure com el pacient reaccionava d'aquella manera tan freda. Tot era tan estrany...

El noi va respirar fondament mentre mirava el metge amb ulls inquiridors.

—I això té remei? —va preguntar—. Vull dir, hi ha cap procediment que em permeti de viure sense estar connectat?

—Existeix, i esperem que el podrem aplicar aviat.

—Quan?

El metge va semblar uns instants lleugerament torbat per la pregunta, però aviat es va refer.

—Estic esperant el resultat d'unes investigacions que es fan en uns laboratoris nord-americans. De fet, treballo en equip amb ells.

—O sigui que encara no s'ha descobert el remei per a la meva malaltia...

—Però es descobrirà aviat. Els treballs estan molt avançats; si no fos així, fóra absurd que jo et donés ara una falsa esperança...

—Té lògica, certes. Quan...?

—Potser encara trigarà uns quants mesos. No hi ha altre remei que mantenir-te en aquestes condicions fins que el treball estigui enllestit.

—Esperem-ho.

Es van donar la mà i el doctor Casaforta es va retirar. Abans de sortir de l'habitació, va poder sentir com el seu pacient mormolava.

—Tantes i tantes malalties com hi ha, i me n'ha haguda de tocar una de ciència-ficció!

En el passadís, el doctor Casaforta es va girar un moment cap a la Maria Rius, que havia d'entrar a la cambra per tal d'ajudar el noi en el seu exercici del matí.

—Senyoreta Rius —va dir-li—. Quan vingui la visita d'aquest noi, aquell estudiant de medicina, faci'l passar abans al meu despatx.

El camí s'allargassava indefinidament davant la noia bruna, que caminava i suava sota el sol del migdia. Fatigada i assedegada, va seure a l'ombra d'una alzina de fullam atapeït, en el mateix llindar del bosc. Va deixar la motxilla al seu costat i va beure un glop d'aigua de la seva cantimplora. Estava cansada, però sabia que encara havia de fer molt de camí abans d'aturar-se a fer nit i, en el seu cos menut, el determini era més fort que el cansament.

Al cap d'una estona, es va disposar a continuar.

CAPÍTOL TERCER

LA VERITAT

QUAN la infermera va indicar a en Xavier Albà que havia de passar pel despatx del director de la clínica abans de pujar a veure el seu amic, va pensar de seguida que el seu suggeriment havia tingut èxit.

—Li ho heu dit? —va preguntar a la Maria, mentre caminaven pels passadissos de la planta principal.

—Li ho han dit —respongué ella.

—I com s'ho ha pres?

—Molt bé. Fins i tot s'ha permès de fer-hi broma!

Van arribar fins a la porta del despatx, que estava oberta com si esperés la visita. En Xavier va entrar.

En Xavier Albà i el doctor Casaforta es van donar la mà abans de seure cara a cara, a banda i banda del gran escriptori de caoba que constituïa la barrera del poder a la clínica.

—Com ja deu saber —va començar el metge—, he parlat amb el seu amic, que ja sap tots els detalls de la seva malaltia. De fet, el doctor Enric Andreu i jo ja feia temps que ens havíem plantejat la possibilitat de dir-li-ho.

—I com s'ho ha pres?

—Molt bé. No s'ha espantat gens.

—Fins i tot sabent la seva condemna a mort?

—No està necessàriament condemnat —va protestar Casaforta—. El tractament podria arribar a temps.

—Vostè ho creu? —la veu del jove reflectia escepticisme.

—Ja sap que estic treballant conjuntament amb uns laboratoris nord-americans. Es tracta d'un cas estrany, certes, el del seu amic, però no és l'únic i, sap, és molt interessant. Podrem trobar tractament per a ell i per a altres malalts.

—I si no arriba a temps?

—Si més no, arribarà a temps per a altres casos semblants. L'estudi de la malaltia del seu amic, sap, pot ser molt, molt important.

—Deixant a part, és clar, el prestigi... —va dir en Xavier, com per casualitat.

Una vermellor cobrí les galtes del director de la clínica.

—Jove —digué amb una veu un xic irada—, no sé pas on vol anar a parar! Però sí, hi hauria prestigi! Per què negar-ho? ¿Que potser és dolent ser reconegut pel fet de salvar vides?

El to de la pregunta va indicar a en Xavier que la conversa havia acabat. Es va aixecar de la cadira tot pensant que aquell Casaforta no li acabava de fer el pes. Hi havia alguna cosa en la seva manera de parlar que...

—Bé, doctor, no li vull fer perdre més temps —va dir com a comiat—. Li estic molt agraït. Bon dia.

Va sortir del despatx sense gairebé esperar la resposta del director, amb el cap fet un garbuix d'idees i sentiments oposats, inquietants, estranys... Si el seu amic ho sabia tot, com era que s'ho agafava tan bé? ¿És que potser estava tan desesperat que la seva única resposta era el cinisme? O potser era que...

Interiorment, amb tota la seva força, en Xavier va desitjar que no es tractés d'aquella pregunta que ni tan sols gosava formular-se.

Va arribar al vestíbul, inquiet, desitjós de parlar amb el seu amic, de fer-li mil preguntes...

Quan va arribar a la porta de l'habitació, es va quedar aturat uns instants com si volgués prendre alè i tranquil·litzar-se una mica. A la fi, va entrar.

La cambra tenia el mateix aspecte del dia anterior, potser amb l'únic detall que el llum era encès i la figura del llit estava desperta del tot.

—Hola, Xavier, m'alegro que hagis vingut: tinc un munt de preguntes per fer-te!

En Xavier va agafar una cadira i va seure vora el capçal del llit. L'aspecte del seu amic era normal: no se'l veia especialment trasbalsat per la notícia.

—Com et trobes avui?

—Molt millor, ara que sé el que tinc. I d'això et volia fer preguntes.

—No t'ho ha dit tot, el doctor Casaforta?

—Sí. Ha vingut aquí i m'ha explicat una malaltia genètico-hormonal totalment de ciència-ficció... ¿De debò tinc això?

—Sí.

—Però on s'ha sentit parlar d'una malaltia tan estranya?

—Tens l'estrany privilegi de ser un cas bastant infreqüent.

—Vols dir un cas únic?

Xavier va fer que no amb el cap.

—No és únic, però sí que és molt estrany. En tot cas,

és estrany que hagis viscut tants anys sense cap mena de problemes...

—... fins aquell dia que em vaig desmaiar a casa —va acabar el noi—. Ja ho sé. Això, però, em garanteix una gran atenció. El doctor Casaforta està treballant en equip amb uns laboratoris nord-americans per tal de trobar el tractament!

—Veig que saps tots els detalls...

—Sí, el doctor Casaforta m'ho ha explicat tot, i m'ha dit que el tractament arribarà. Potser hauré d'estar sis mesos o més connectat a aquesta maquinota, però arribarà.

La sorpresa va fer que en Xavier obrís dos ulls com dues taronges. Però, què deia? Esperar sis mesos o més?

—Has dit esperar...?

—És clar, home! Ara que sé el que tinc, ja no em fa res esperar. El remei arribarà. Això dels sis mesos m'ho va aclarir el doctor Andreu, quan em va venir a visitar a la tarda i li vaig demanar quant de temps seria més o menys. Potser serà un xic llarg, però això va com va!

Les paraules van brollar dels llavis d'en Xavier gairebé d'una manera automàtica, sense que tingués temps ni tan sols per penedir-se'n.

—Falta que arribi a temps...

El somriure que hi havia en els llavis del seu amic es va glaçar.

—Què vols dir?

En Xavier va copsar tot el significat d'aquella pregunta i el de l'optimisme del seu amic: Casaforta només havia donat mitja explicació i s'havia callat la part pitjor!

Va abaixar els ulls i va cercar amb la seva mà la mà del seu amic per estrènyer-la ben fort. Finalment, va dir.

—Casaforta no t'ho ha explicat tot...

El noi va assentir lentament.

—Vols que et digui una cosa, Xavier? M'ho temia. Em semblava tot massa fàcil, massa de color de rosa perquè no m'ho haguessin dit abans. Què és la resta? La saps tu?

—Sí.

—I doncs?

En Xavier va agafar-li ben fort la mà.

—Veuràs... Cada cop que tens un atac, la màquina te'l compensa, com ja ho deus saber, mitjançant una injecció de sèrum que conté l'hormona que et fa falta.

—Això ja ho sabia; on és el problema?

—El problema és que la nova hormona necessita uns instants per actuar. En aquest temps, l'alteració del sistema hormonal i, sobretot, del reg sanguini fa que el teu cervell quedi lleugerament danyat. Molt poc, gairebé res, però és un poc que es va afegint un cop i un altre...

—I és irreversible?

—Sí...

—I quin és el meu estat actual?

—Estàs bé. Podries estar un parell de mesos amb aquest règim sense que el teu cervell se'n ressentís d'una manera seriosa. De moment, no ens hem de preocupar.

El noi es va girar cap a en Xavier i el va mirar directament als ulls, amb aquella mirada ineludible.

—I això és tot? —va preguntar.

En Xavier va intentar d'apartar la mirada. Debades.

—Falta el pitjor —va reconèixer.

—Endavant, doncs.

En Xavier va iniciar una sorda i difícil lluita contra les llàgrimes que amenaçaven de sortir dels seus ulls.

—D'aquí a sis mesos el mal serà notable —va dir per fi—. Encara que el tractament arribi a temps, i ho dubto, les teves facultats mentals estaran greument malmeses.

—Boig?

—No serà bogeria. Probablement serà idiòcia.

—I encara a termini més llarg?

—Seràs un vegetal connectat a una màquina.

Els primers raigs del sol del matí van despertar la noia bruna en la mateixa posició en què s'havia adormit, recolzada al tronc d'un arbre apartat del camí, passant un braç per sobre la motxilla. Estava descansada, disposada a continuar camí enllà.

Es posà dempeus, es carregà la motxilla a l'esquena i reprengué la ruta.

El noi va aixecar la mà per posar-la damunt l'espatlla d'en Xavier, i va trencar el dur silenci que havia obert les seves darreres paraules.

—Ja està. Ja m'ho has dit, i ja veus que no m'he desesperat. Ara parlem amb més calma.

En Xavier va tornar a agafar-li la mà.

—No t'has espantat gaire. Ets valent.

—Posa't en el meu lloc. Què vols que hi faci? Ara, amb tranquil·litat, digue'm: Quines possibilitats tinc de sobreviure amb el cervell intacte?

—No gaires. És clar que mai no se sap. Si els atacs fossin gaire espaiats, potser podries esperar anys, però són imprevisiblement intermitents. No es pot saber.

—O sigui que, potser, al capdavall, em salvaré.

—Potser...

El noi va sospirar.

—Saps, Xavier? La vida és una cosa molt estranya,

i això es veu encara més quan estàs a punt de perdre-la... Tinc moltes coses per pensar aquests dies.

La noia bruna prenia un mos com a desdejuni, asseguda a un costat del camí, quan va sentir, encara lluny, el soroll d'un motor que s'acostava ràpidament.

Va llançar una mirada al voltant seu. Darreru d'ella, una baixada coberta de pins la podria amagar de la vista dels qui anessin en el vehicle i tenia temps de baixar prou.

El motor se sentia ja molt a prop, i gairebé li va faltar temps per tirar la motxilla darrera unes bardisses i llançar-se ella mateixa vessant avall.

El seu cos va rodolar interminablement allunyant-se del camí, els braços protegint el rostre, les cames rectes, sentint de tant en tant les esgarrapades de les bardisses i l'argelaga.

En el mateix moment que el soroll del motor ja se sentia per sobre d'ella, en el camí, el tronc d'un arbre va aturar la seva caiguda i la va deixar en posició de veure vagament les rodes d'un jeep que passaven camí endavant.

Va quedar una bona estona allà estirada, mentre el cap li tornava al seu lloc, el paisatge deixava de donar voltes i el soroll del motor es perdia lluny d'allà.

Tornà al camí amb els braços bruts de fang, esgarrapades per tot el cos, la brusa espelleringada... però amb la certesa que novament havia evitat de ser agafada.

CAPÍTOL QUART

EL PREC DE LA FOSCA

QUAN en Xavier Albà va arribar aquell matí a la clínica, la infermera de recepció el va avisar que el seu amic tenia una visita: els seus pares.

En Xavier no va pujar a l'habitació: els pares del noi eren potser les darreres persones que voldria veure en aquells moments. Seria millor per a ell esperar-se en qualsevol bar, prenent alguna cosa, fins que pogués anar a fer la visita tot sol. El seu amic segurament que li ho agrairia.

Suposava que els pares tampoc no havien estat una visita agradable per al malalt: no eren conscients del tot de la gravetat del cas del seu fill i l'havien ingressat a la clínica convençuts que tot plegat seria només una temporadeta d'haver de veure el cos del noi connectat a les màquines. Confiaven a ulls clucs en la ciència del doctor Caseforta i mai no serien capaços de reconèixer, ni a ningú ni a ells mateixos, que el seu fill tenia poques esperances de salvar-se.

Assegut al taulell d'un petit bar, gairebé sense sentir el gust de la cervesa que prenia, en Xavier mirava d'imaginar-se l'estat d'ànim del seu amic.

Evidentment, després de rebre el dia abans la notícia

de la realitat de la seva malaltia, devia estar força decaigut, però, si a això s'afegia la visita paterna, el seu estat depressiu era gairebé segur. Els coneixia bé, els pares: bona gent, sí, però massa buits d'esperit i plens de butxaca per copsar tot l'abast de problemes tan greus, tan crucials...

Mentre pagava, després de deixar el got a mig beure, es va preguntar per què el seu amic no podia ser allà amb ell.

Vora la porta de la clínica havia hagut d'amagar-se un moment darrera un cotxe aparcat en doble filera per tal d'evitar que el veiés la parella que sortia de l'edifici. Quan se'n van anar, en un taxi, carrer enllà, ell va dirigir-se cap a la porta.

Quan va entrar a l'habitació trenta-tres de la clínica, va trobar el seu amic en l'estat d'humor que hom atribueix popularment als basiliscs. Inquiet en el seu llit, remugava renecs a un ritme veritablement inusual en ell.

Quan, tímidament, en Xavier va saludar, encara de la porta estant, la veu es va dulcificar un xic.

—Hola, noi. Passa, no et quedis aquí com un estaquirot. Almenys amb tu es pot parlar!

En Xavier va repetir el ritual d'anar a cercar una cadira per seure a la vora del capçal del llit, al costat dret, on no hi havia cap connexió amb el cos.

—Els has vistos? —preguntà el noi.

—Sí, justament quan venia cap aquí.

—I t'han vist ells?

—No. M'he amagat, si vols que et digui la veritat. No tenia ganes de parlar amb ningú més que amb tu. Com et va?

El malalt va fer un esbufec de ràbia, probable substitució d'un renec.

—Si haguessis sentit la seva conversa aquí, Xavier! Primer han començat a parlar de mil ximpleries, evitant parlar de la meva malaltia; i, quan han vist que jo ho sabia tot molt més bé que ells mateixos, han començat a voler treure-hi importància repetint, cada quatre paraules, «de debò que avui tens molt bon aspecte!» i carallades semblants... Com si jo no sabés prou que el meu aspecte és el més estúpidament bo que tinc!

—I tu t'has posat d'un humor més aviat tempestuós...

—Em sembla que tinc raons de sobra. La meva situació no és com per anar sentint, a més a més, aquesta mena de ximpleries.

—Pensa que és la seva manera de tranquil·litzar-te. Ells també pateixen, com jo, com tots els qui t'estimem.

El noi va semblar que es tranquil·litzava una mica.

—Potser sí que tens raó —reconegué—, però ja pots suposar que no estic d'humor per a res: la revelació teva, les mitges tintes d'en Casaforta... No, Xavi, no estic per punyetes. I vull trobar una solució per a mi.

—Una solució?

—Una solució, sí. Tu ja saps que no m'agrada el que no és ni clar ni fosc. Recordes? Al poble, quan anàvem a escola o, quan érem més grans, a l'institut, no hi havia res que m'empipés tant com la incertesa de després dels exàmens; i, quan jugàvem a futbol en l'equip del carrer, el empats em molestaven més que no pas les derrotes. Te'n recordes?

En Xavier va assentir. Una munió de records corrien amunt i avall del seu pensament: records de carrers polsegosos, de cases baixes, de corts i eixides i vailets —que eren ells— jugant-hi.

—Sí, és clar —assentí.

—Doncs ara és el mateix: o la vida o la mort. Sense mitges tintes.

—Em permets que et digui que no t'entenc?

—Ja t'ho explicaré en un altre moment. Ara, em podries fer un favor?

—Digues...

El noi va agafar de la taula del costat del llit un paper i un bolígraf i va escriure ràpidament uns mots que passà a en Xavier.

—Vull que m'aconsegueixis aquests llibres —demanà.

En Xavier va mirar la llista de títols escrita al paper i no va poder reprimir una ganyota d'estranyesa. El noi del llit va somriure.

—Potser t'estranya, això?

—Reconec que una mica... Per a què els vols?

—Per passar l'estona. Me'ls portaràs?

—Demà els tindràs aquí.

En Xavier Albà va entrar a la llibreria amb el paper, on tenia anotats els títols, a la mà i amb el cap ple de preguntes.

Mentre anava cap al taulell no podia deixar de reflexionar sobre l'absurditat d'aquella situació: hauria entès que el seu amic li hagués demanat llibres de religió o d'esoterisme —tot i que era declaradament ateu—, o sistemes per a aprendre idiomes, per tal de mantenir el cap ocupat, o llibres de ioga o de gimnàstica, o tractats de medicina, però allò... Per a què podia desitjar, una persona en aquelles condicions, aquells llibres? Però, primer de tot, la seva obligació era comprar-los i portar-los a la clínica.

—Tenen aquests llibres, per favor? —va demanar.

I mentre el llibreter anava un moment a la rebotiga

a fi de buscar-los, un llampec d'intuïció va fer imaginar a en Xavier el perquè d'aquell encàrrec.

Però no podia ser; era massa absurd.

I massa terrible.

El doctor Enric Andreu va cridar, del passadís estant, la Maria Rius, que tot just sortia d'una habitació. La infermera hi va anar de seguida i va veure, primer de tot, l'expressió preocupada del rostre del metge.

—Passa res, doctor?

—Moltes coses, Maria, moltes coses. És el pacient de la trenta-tres.

La Maria gairebé va fer un bot.

—Què té?

—Continua igual de salut... —una lleugera indecisió—. En Casaforta no li ho va dir tot, Maria, i va haver de ser el seu amic qui li va donar la notícia. Imagini com està...

—Molt fotut?

—No està gaire decaigut d'ànim —digué el doctor Andreu—, però el que sí que està és d'una mala llet increïble. Miri d'animar-lo una mica, vol?

La Maria va fer que sí amb el cap i va allunyar-se passadís enllà. Unes passes més enllà, però, es va aturar i es va girar per dir-li:

—No és just, això! No tan sols s'està morint sense remei, sinó que ho fa amb valentia, agafant-se a la vida dia a dia, i agafat com està... No és just, Enric; és un bon noi, podria ser feliç... Per què aquesta mort? Per què aquesta xarxa d'interessos?

Mentre s'allunyava pel passadís, en la direcció oposada a la que havia seguit la infermera, el doctor Andreu meditá sobre les darreres paraules de la noia.

Potser, considerà, sí que era lícit pensar que, en aquella clínica, el desig de salvar vides no estava per damunt de tot...

—Et porto els llibres...

En la penombra de l'habitació, la figura del llit es va moure lleugerament.

—Gràcies, Xavier... Perdona'm; estava adormit.

—Vols que obri la finestra? —en Xavier, sense saber per què, parlava en veu molt baixa, assegut a un costat del llit.

—No. No vull claror ara. Els has trobats tots?

—Sí, però... No em pots dir per què vols aquests llibres?

—I per què no?

—No és lògic.

—Fer cultura no és lògic?

—Has de reconèixer que és estrany que demanis precisament aquesta mena de llibres.

—Estrany tenint en compte el meu estat, oi?

Li va saber greu sentir aquelles paraules.

—Perdona...

—No et preocupis, sé quin és el meu estat; i aquests llibres em són importants, t'ho ben asseguro.

—Deus tenir les teves raons...

—I les sabràs quan serà l'hora, saps? Ja he meditat molt sobre tot això i crec que aquests llibres, encara que pensis que no hi tenen res a veure, em poden ajudar molt. Tinc una esperança, Xavier, i crec que no m'equivoco!

No va voler dir res més aquell dia.

L'albada va desvetllar la noia bruna quan aquesta era ja molt bosc endins i muntanya amunt, tan a prop del seu objectiu que tan sols el fet de no voler caminar a les fosques li havia impedit d'anar-hi a dormir aquella nit.

Quan es va aixecar, i després de fer un mos, es va carregar la motxilla a l'esquena, les ombres de la nit tot just començaven a esvair-se entre el fullam espès de les alzines. Per un viarany esquerp i mig colgat per l'herbei, la noia bruna va recórrer les darreres pujades del seu camí.

Va arribar finalment en un lloc on els arbres deixaven un espai buit, una clariana, al peu d'un formidable penya-segat rocallós i esquerp que s'enfilava en vertical fins al mateix cim de la muntanya. La clariana era agradosa, ombrívola, coberta d'una herba fina i verda que feia venir ganes de caminar-hi amb els peus nus.

L'oratge lliscava amb mil murmuris entre les alzines centenàries que la voltaven i feia estremir dolçament les flors que creixien entre l'herba, amb els pètals encara amarats de rosada.

Al fons, recolzada en la paret de roca, hi havia una casa.

Era una antiga masia abandonada, feta tota d'enormes carreus, ferrenya, ferma fins i tot en la seva decadència, enrunada en part, però encara dempeus.

Ningú que l'hagués vista no l'hauria poguda imaginar ni tan sols mínimament habitable: la teulada estava enfonsada sobre el pis alt, mentre que la planta restava dempeus tan sols en una tercera part, que corresponia a la part de façana que comprenia la gran portalada i uns metres de paret a banda i banda.

Tanmateix, la masia abandonada amagava secrets que la noia bruna coneixia molt bé, secrets antics, arcans de les seves pedres molts cops centenàries.

A un costat de la casa, vora les restes d'una tanca enrunada, una font duia l'aigua a una antiga bassa, mig col-

gada de terra i fang, vora la qual creixien alguns faigs. El conjunt donava aigua i frescor a tota la clariana.

La portalada principal de la masia, enorme arc de mig punt, estava tancada per una vella porta de roure, ferma també, però que va cedir dolçament a la pressió de la mà de la noia bruna i es va obrir amb un suau grinyol a una sala que va ser de seguida il·luminada per un raig de llum de llanterna.

La sala es va revelar davant els seus ulls enorme, fosca i, en principi, poc acollidora. Tenia la forma d'un rectangle d'uns vint metres de fondària, amb terra de llambordes i sostre de volta de canó que donava una alçada d'uns tres metres. Les parets eren gruixudes, fetes de carreus com els de la façana, amb una porta a cada banda.

Deixant la motxilla al costat de la portalada, la noia bruna va anar cap a la porta de l'esquerra, que donava a una cambra més petita, totalment buida i sense cap mena de detalls rellevants.

Va anar després a la porta de la dreta, que donava a una sala no gaire gran, on un antic forn de llenya i unes taules cobertes de rajoles eren testimoni que es tractava de l'antiga cuina de la casa. En anteriors excursions preparatòries d'aquella, la noia bruna havia netejat el forn i apilat llenya a la seva vora, i amb això la cuina ja es podia considerar utilitzable.

Satisfeta de com anava sortint tot, la noia bruna va deixar la cuina i va caminar cap al fons de la sala principal, una paret feta no de carreus sinó de roca del mateix penya-segat que tancava la casa per darrera.

Allà era amagat el seu tresor.

CAPÍTOL CINQUÈ

EL DRET A MORIR

QUAN, a primera hora del matí, la infermera Maria Rius va entrar com cada dia a l'habitació trenta-tres, va trobar el noi despert i amb uns ulls que indicaven clarament que no havia dormit aquella nit. El llum de la cambra era encès i la mà del noi, sobre el pit, sostenia un llibre obert que va posar en un costat en veure-la entrar.

—Hola, Maria.

—Hola, noi. Com te trobes aquest matí? —va saludar ella, mentre s'acostava al llit.

—Em trobo com sempre, ja ho saps. A més, aquesta nit no he dormit.

—I doncs? No has pogut?

—He estat llegint. I meditant molt.

—Meditant?

—Sí, meditant. Em vols fer un favor?

—Digues...

—Vols cridar el doctor Andreu? Vull fer-li una consulta.

El to de la veu no va enganyar en absolut la Maria Rius, que s'havia anat alarmant progressivament a mesura que el noi parlava. Les seves paraules tenien un aire de determini, com si es tractés d'una cosa molt seriosa.

—Ara hi vaig —va respondre.

Quan la infermera sortí de l'habitació, el noi va sospirar mentre estirava el seu cos entre els llençols. No imaginava què passaria al final, però tenia la sensació que la seva demanda seria per al metge l'equivalent d'una revolta. No sabia per què, però en tenia el pressentiment.

Al cap d'una estona el doctor Andreu entrava a la cambra. El seu rostre, generalment jovial, tenia un aspecte de preocupació, segurament per la sorpresa que l'haguessin cridat tan inesperadament al costat del seu pacient.

Mentre el metge seia en una cadira al costat del llit, el noi va pensar que havia fet bé de cridar-lo a ell i no pas a en Casaforta. De vegades tenia la sensació que el director de la clínica l'observava com una mena de fenomen estrany, més aviat un exemplar d'estudi que no pas una persona. La Maria, mentrestant, va restar dempeus al costat de la porta de la cambra.

—Aquí em tens —va saludar, amistós, el doctor Andreu—. Què em volies dir?

—He de parlar amb vostè, doctor. És una cosa molt important.

—Vols que me'n vagi? —va preguntar la Maria.

—No, si's plau —va demanar el noi—. Em serà més fàcil si et tinc al costat.

—Tan greu és el que has de dir? —preguntà l'Enric Andreu.

—Sí, doctor, força greu. Com pot veure pels meus ulls, aquesta nit no he dormit. En realitat, he estat meditant sobre la meva malaltia: En Xavier em va explicar tot allò que en Casaforta em va amagar, i conec bé tots els detalls. Sé que les meves possibilitats de sobreviure o, en tot cas, de fer-ho amb les meves facultats intactes, són gairebé nul·les, ja ho sé.

—Tens possibilitats —va protestar el doctor Andreu.

—Sí, ja ho sé. Però ha de reconèixer que ho tinc molt magre.

—Certament, sí...

—Bé, continuem, doncs: D'altra banda, sobreviure sense estar connectat és impossible.

—Absolutament impossible. Viuries el temps que trigaria a venir el pròxim atac.

—La qual cosa no és dir gaire —va acabar el noi—. Doctor, he observat el funcionament dels aparells que m'envolten i sé que els atacs no tenen cap mena de pauta. Bé, vostè prou que ho deu saber, però, fins ara, l'interval més curt ha estat de trenta minuts, i el més llarg, d'una setmana.

—Exactament..., però no sé on vols anar a parar.

—Només volia demanar-li una cosa, doctor, i crec que em podria haver estalviat tota aquesta tirallonga de coses ja sabudes.

—I què em vols demanar?

—Em sembla, doctor Andreu, que, en la seva professió, és una mala paraula.

El metge ho va intuir abans que ho digués. Les mans li van tremolar un xic i va fer el possible per dissimular-ho.

—Vols dir...

—Vull dir eutanàsia, doctor Andreu.

L'habitació va quedar immergida en un silenci feixuc durant uns instants. Després, mentre, moguda per la impressió, la Maria Rius seia als peus del llit, el jove metge va mirar greument el noi.

—Em demanes que et mati?

—No. Li demano que em deixi morir. No és el mateix.

—Em temo que, legalment, sí.

—Tant me fot, la legalitat! No vull ser un vegetal.

—El teu cas no és tan desesperat, noi: saps que et pots salvar. Ho entendria si no hi hagués cap sortida, però...

—No hi ha sortida, doctor Andreu, prou que ho sap ja.

—Però no et puc matar, noi! No ho entens? La meva feina és la de donar la vida, no la mort. Mai no m'he plantejat la possibilitat d'intervenir en un cas d'eutanàsia. Què passaria si els metges volguéssim matar tots els malalts la salvació dels quals no veiem clara?

—No és plenament una eutanàsia, doctor. Si em treuen els aparells, no moriré tot seguit; senzillament podré sortir d'aquí per anar-me'n a morir d'una manera tranquil·la i digna a un altre lloc. Legalment, estic demanant una alta provisòria... I, humanament, estic demanant el dret a morir com una persona, què carat!

—Mira-t'ho com vulguis; això és eutanàsia. L'única cosa que puc fer és anar a parlar-ne amb el doctor Casaforta.

Es va aixecar per sortir de l'habitació, però la veu del noi el va aturar.

—Doctor Andreu...

—Què?

—Sé que farà el que pugui... i comprenc que també és dur per a vostè.

El doctor Casaforta va encendre un cigarret en la solitud del seu despatx. Se sentia lleugerament insatisfet pel desenvolupament del seu treball: un telegrama dels laboratoris nord-americans li comunicava que les investigacions anaven a un ritme lleugerament inferior al previst, i això li feia veure, entre altres coses, que les possibilitats de supervivència del pacient de la trenta-tres eren cada cop més exigües. Tot i així, pensava, el descobriment arribaria un dia o un altre, i llavors...

Van trucar a la porta.

—Endavant —va remugar en Casaforta.

La porta del despatx es va obrir i va entrar el doctor Andreu, acompanyat de la infermera Maria Rius, tots dos amb un posat greu.

—Passa alguna cosa? —va preguntar el director de la clínica.

El doctor Andreu va anar a seure davant l'escriptori, mentre la infermera quedava dreta prop de la porta.

—Tenim problemes, doctor —començà a dir el metge jove.

—Quina mena de problemes?

—Molt greus, doctor: el pacient de la trenta-tres m'acaba de demanar que el deixem morir.

Els dits del doctor Casaforta es van crispar sobre l'escriptori i ell va restar en silenci uns instants. Semblava com si hagués temut durant molt de temps l'arribada d'aquell moment.

—Vostè, què n'opina, doctor Andreu? —preguntà finalment.

—El pacient sap tot l'abast de la seva malaltia: li ho va explicar el seu amic. Em sembla molt comprensible que vulgui la mort. No m'agrada la idea, però em temo que no ens hi podem negar: hi té ple dret, és la seva vida.

El doctor Casaforta va negar, molt lentament, amb el cap, mentre fitava l'altre metge.

—No podem concedir-li el que ens demana —va dir—. I ell tampoc no té dret a demanar-ho.

—Dret? —s'escandalitzà la infermera—. No té dret a decidir sobre la seva pròpia vida?

El doctor Andreu va anar a seure davant l'escriptori, mentre la infermera quedava dreta prop de la porta.

—En aquest cas, senyoreta Rius, no és tan sols la seva vida. Crec que hi ha tres grans motius que fan que aquest noi hagi de viure.

—¿Motius prou forts per fer-li assitir a la seva pròpia decadència?

—Pot ser. Deixi que els hi expliqui. En primer lloc hi ha el fet, potser mínim, que jo no estic gens d'acord amb totes aquestes idees d'eutanàsia. El deure del metge és conservar la vida, i mai, per cap concepte, crec, no té dret a donar la mort. Mai no m'he ni tan sols plantejat la possibilitat de fer-ho, i ho considero un assassinat. Cap deontologia no podria obligar-me a prendre una decisió com aquesta.

—Això és una opinió —va protestar el doctor Andreu—. I no ha estat vostè, sinó el pacient, qui ha pres la decisió.

—Ho sé. Vol sentir el segon motiu? Aquest malalt no té dret a morir, doctor Andreu, per més que sigui la seva vida. Perquè no tan sols és la seva. No és un cas únic, però sí que és el primer cas que es té ocasió d'examinar d'una manera plenament científica. Si l'observació del cas ens permet de trobar un remei, altres malalt, en el futur, es podran salvar. Tingui-ho en compte.

—És un ésser humà, no un conillet d'Índies! —s'exclamà el doctor Andreu—. Patirà, es veurà abocat a la decadència física i mental a poc a poc fins a esdevenir poc més que un vegetal... ¿Vostè creu que això que diu ho justifica?

—Sí que ho justifica. Tampoc no ha estat senzill per a mi, doctor Andreu, però, si hi pensa una mica, veurà que no sóc la bèstia inhumana que vostè es creu. Salvarem vides. Certament, sacrificarem una vida, però en podem salvar tantes...

—Deia que tenia una tercera justificació...

—La tinc. Crec que ningú no pot desitjar la seva pròpia mort. L'instint de conservació domina sempre en una persona que tingui les facultats mentals intactes. El que vull dir és que aquest noi es troba en un moment depressiu. Potser quan es tranquil·litzarà pensarà d'una altra manera.

—I què suggereix per «tranquil·litzar-lo?»? —va preguntar la infermera.

—Em sembla que fóra convenient canviar-lo d'ambient. Doctor Andreu, encarregui's de traslladar-lo a l'habitació deu, que és més gran i té vista a la muntanya. Potser això el calmarà una mica. Aquests pròxims dies les visites seran restringides: tan sols el veuran els seus pares, amb els quals parlaré ara mateix. I també tractarà amb altra gent. Vull dir, senyoreta Rius, que d'ara endavant vostè ja no serà qui s'encarregarà del malalt. Ni vostè tampoc, doctor Andreu.

La Maria no va dir res. Sentia en el seu interior una angoixa immensa, una tristor com creia que mai abans no havia sentit. Apreciava el noi i no volia apartar-se d'ell, d'ell que tant necessitava algú en qui confiar, una amiga...

Es va posar a plorar. No sabia ben bé per què, ni li importava.

Entre les coses que no esperava en Xavier Albà, en arribar a la clínica, no hi havia, certament, la de trobar-se el pas barrat. Tanmateix, quan la infermera de la recepció li va dir que les visites estaven restringides als familiars més pròxims, va intuir que aquell aïllament no era degut tan sols a motius sanitaris. Persistia en ell encara la mateixa intuïció que des de feia un parell de dies semblava que l'empaités.

Quan s'allunyava pel vestíbul, cap a la sortida, la recepcionista el va cridar.

—Escolta, gairebé me n'oblidava!

Ell es va girar.

—Tinc això per a tu. M'ho ha donat la Maria Rius.

Li oferia un sobre tancat, segurament una nota —esperava que explicativa— de la infermera que havia tingut cura al llarg de tants dies del seu amic. Va agafar-la i va estar a punt d'obrir el sobre; però, en adonar-se d'una certa mirada encuriosida de la infermera, es va estimar més posar-se-la a la butxaca i sortir al carrer.

Un banc buit, en una plaça deserta, sota el sol de la darreria d'estiu, va oferir-li un lloc adequat per a examinar el contingut del sobre. Si havia esperat que allò li aclariria alguna cosa, certament que va tenir una bona sorpresa: el contingut del sobre no era sinó una nota de la Maria Rius redactada en uns termes que, en aquell moment, li van semblar absolutament enigmàtics.

Benvolgut amic,

La situació ha pres un tombant inesperat i absolutament trasbalsador; el teu company està aïllat i no et serà possible de visitar-lo durant uns quants dies. Aquí dins, tot això ha esclatat com una bomba. Jo he estat traslladada a una altra secció.

No m'és possible explicar res a la nota: no sé si algú podria llegir-la abans que tu. Vine a casa meva aquest vespre, cap allà a les nou.

No et preocupis; tot sortirà bé.

MARIA

En un altre paper la infermera havia anotat la seva adreça, i un número de telèfon, per si de cas Xavier no podia anar-hi.

Sense comprendre res, però imaginant mil terribles possibilitats, en Xavier va ficar-s'ho a la butxaca.

Malgrat que tot el pis de la sala central de la vella masia era net de deixalles, un racó del fons, al costat esquerre, sobre la paret del penya-segat, era cobert d'un munt de runa diversa en què hi havia principalment teules i trossos de guix i de morter. No era casual aquella aglomeració.

La noia bruna es va agenollar a terra i va anar apartant amb les mans tota la runa. Uns minuts després es veia, a la claror de la llanterna, una cavitat dissimulada a la paret de roca que havia estat totalment amagada per les deixalles. De quatre grapes, quan el racó ja era net, la noia bruna hi va entrar.

La masia estava construïda sobre la boca d'una cova.

A poc a poc, amb la llanterna entre les dents, la noia bruna va recórrer uns quants metres de passadís subterrani abans d'arribar en un lloc on el sostre baix i les parets estretes donaven pas a una ampla cavitat natural, una caverna en el cor del penya-segat, de terra cobert de sorra fina i sostre de màgiques voltes sostingut de tant en tant per pilars calcaris, contraforts i columnes d'una catedral troglodítica.

Tot plegat era potser un xic més gran que la sala principal de la masia, però el que feia del conjunt una cosa veritablement important era la seva situació ignorada, amagada.

En la cova, sobre el terra de sorra, el raig de la llanterna va descobrir una munió d'embalatges, el veritable tresor de la noia bruna, l'equipatge que ella mateixa havia anat transportant en successives excursions a la vella masia: queviures, medicaments, eines..., tot el que calia per a viure amagada un quant temps i amb tota comoditat.

Per la noia bruna, tot sortia a cor què vols.

CAPÍTOL SISÈ

NIT A GRÀCIA

VESPREJAVA sobre Gràcia. Els carrers estrets i melangiosos de la vila anaven caminant a poc a poc cap a l'ombra i algun fanal començava a escampar una llum blanquinosa de falsa lluna. Damunt l'empedrat enfosquit, algun gat negre anava a amagar-se sota la seguretat d'un cotxe aparcat o a recer d'una portalada, i aquest era l'únic moviment dins la calma.

Havia estat difícil de trobar el carrer en el traçat irregular de la vella vila, amb noms que a voltes canviaven després de cada cantonada, però a la fi ho havia aconseguit i allà s'estava, davant la casa que corresponia a l'adreça.

Era una casa baixa, de dos pisos, de color uniformement marró gris i d'aspecte orgullosament vell. Les finestres de fusta fosca s'abocaven a balcons amb baranes de ferro forjat sense cap mena de pretensions senyorívoles; al capdamunt s'endevinava un terrat on alguns llençols estesos saludaven l'aire amb moviments d'estendard i on, segurament, més gats mandrejaven. Tot plegat estava amarat d'un cert regust de secreta melangia, un arcà de nostàlgica grisor. Quants somnis, quants anhels, quantes revoltes s'havien ordit rera parets com aquelles, als mil racons graciencs, immergits en els viaranys de la història!

I ara, el seu propi drama personal, la seva pròpia història, s'inscriuria en l'aire estrany i quiet d'aquell carrer.

En Xavier Albà va empènyer la feixuga porta que donava al carrer i va iniciar el difícil ascens d'una escala fosca i estreta amb graons desiguals de rajol, amb vores de fusta, i una barana de ferro negre que vacil·lava quan un s'hi recolzava.

Va trobar-se, al capdamunt, davant la porta que corresponia al pis i, com que a les palpentes no va trobar cap timbre, va trucar amb el puny.

La porta es va obrir i va aparèixer un noi en el llindar il·luminat. Era alt, prim, de cabells foscos i pell bruna, i el seu cos aparentava un xic més de la vintena. Parlava en un to baix que resultava agradable.

—Bona tarda —va saludar.

—Bona tarda —va respondre en Xavier—. La senyoreta Maria Rius viu aquí?

Del llindar estant el noi el va fitar.

—Ets potser en Xavier? —Ell va fer que sí amb el cap—. Passa, si's plau; t'esperàvem.

Es va girar cap dintre de la casa i va cridar la Maria, mentre feia entrar en Xavier, que es va trobar així en un rebedor decorat amb senzillesa i de parets empaperades i no gaires mobles. Hi desembocava un passadís per una porta vidriera per on, en aquell moment, arribava la Maria Rius.

De bell antuvi li va costar una mica reconèixer-la, amb uns texans i una samarreta substituint el seu uniforme blanc i, sobretot, amb una ganyota angoixada que substituïa el seu somriure habitual.

—Hola, Xavier —saludà.

—Hola... —mentre la porta de l'escala es tancava, en Xavier es va trobar sense saber què dir.

—Passa.

Van anar tots tres pel passadís fins a una peça que feia de menjador, plena tota d'un aire antic, un xic alliè a la jovenesa dels ocupants de la casa: el paper de la paret amb dibuixos antiquats, els dibuixos en el guix del trespol, els mobles vells, la gran taula, les pesants poltrones... Li van indicar una cadira i van seure tots tres al voltant de la taula. Abans, però, la Maria va fer les presentacions.

—Xavier, aquest és l'Albert, el meu company; Albert, aquest és en Xavier Albà, amic d'aquell noi de la clínica.

Es van donar la mà i van seure. Van mirar-se uns llargs instants, sense saber què dir o com començar a parlar. Finalment, la Maria es va decidir.

—Et pots imaginar que si t'he fet venir és perquè aquest matí ha passat una cosa força important.

—Sí, és clar, però... —la pregunta que brillava en els seus ulls era clara.

—No. Ell està bé, o sigui, igual que sempre. Però...

—Digues-ho tot seguit, noia: et serà més fàcil.

La Maria va prendre alè.

—Ens ha demanat que el deixem morir, que desconnectem els aparells.

En Xavier va aclucar els ulls i acotà el cap uns instants. L'Albert li va oferir un cigarret i ell el va acceptar.

—I què ha passat llavors?

Mentre la lluïssor d'un llumí espetegava a la cambra, la Maria va arronsar un xic les espatlles i li va explicar tota la conversa entre el doctor Andreu i el doctor Casaforta per acabar amb l'explicació de l'aïllament.

En Xavier va aspirar amb força el fum del cigarret.

—Però almenys et té a tu.

Es va produir un tens silenci.

—Et té a tu? —va preguntar ara en Xavier.

Va ser l'Albert qui va respondre.

—No. Aquest paiet que fa de director ha traslladat la Maria a una altra secció. Ja no és amb ell.

Un altre silenci tens.

—I quan acabarà aquest aïllament?

La Maria va respondre, vacil·lant.

—No ho podem saber, però hem pensat que... —no sabia com continuar i va ser altra volta l'Albert qui ho va fer.

—El que volem dir és que, quan aquesta colla de fills de puta el deixin tranquil, el teu amic et necessitarà al seu costat i tu, evidentment, no pots estar anant i venint del poble fins que els roti d'aixecar l'aïllament. I bé, si no tens on quedar-te a Barcelona, aquí tens la teva casa.

En Xavier va mirar de fit a fit la jove parella, que somreia ara.

—Ho dieu de debò? Penseu que no sabem quants dies durarà aquesta situació. No seré pas un destorb?

—En absolut! I ja procurarem que no estiguis com en un hotel, si és que et preocupa això.

En Xavier aixafà el cigarret al cendrer.

—Bé, doncs, ho accepto. Certament serà la millor cosa que es pot fer.

La noia bruna va agafar del seu magatzem de material camuflat a la cova un pic i una pala, les eines que necessitava per iniciar les obres d'adaptació de la vella masia.

El primer objectiu que s'havia proposat era treure de l'antiga bassa de l'eixida tota la terra i la runa que l'havien mig colgada.

Després de desviar el raig de la font per una mena de canalet fet amb teules, va començar la feina.

La bassa era de mesures força apreciables: un rectangle de dos metres d'ample per quatre de llarg, de fons i parets de pedra, i va calcular que deixar-la llesta perquè s'omplís d'aigua neta li costaria treballar-hi tot el que quedava de dia.

La noia bruna, però, mai no havia tingut por de les feines dures.

La setena campanada del vell rellotge de paret del menjador en la casa en silenci va desvetllar-lo.

L'estat del llit, desfet, amb els llençols rebregats, era el testimoni més evident del seu son intranquil durant tota la nit. Mai, al llarg de tota la seva vida, no havia estat conscient d'un veïnatge tan immediat de la mort, la mort inevitable que anava caient sobre el seu amic, lluny d'ell, en la fredor d'una cambra d'hospital.

Es va llevar i va anar-se a rentar, a treure de la seva pell la capa de suor que l'amarava. La Maria i l'Albert ja no hi eren: segurament feia estona que havien anat a la feina.

Enmig del silenci de la casa, es va preparar una tassa de cafè a la cuina mentre mirava els plats encara bruts del sopar. Després, gairebé sense pensar-hi, va omplir la pica d'aigua i hi abocà un raig de sabó.

Rentar els plats li va anar bé. Si més no, el va distreure de problemes més greus, de les notícies que la Maria portaria de la clínica. Què faria aquell matí, tot sol en una casa inconeguda? Sense ser gaire conscient dels seus actes, va buscar on desaven els draps i les escombres.

A quarts de dues, en tornar de la feina, l'Albert es va trobar amb la sorpresa de veure el rebedor de casa seva en un estat de neteja veritablement inusual. Des del menjador se sentia una veu que cantava entre dents.

—Bon dia, Xavier! —va saludar.

En Xavier va sortir per la porta del passadís, portant encara a les mans un pot d'esprai de netejar mobles i un drap. L'olor espessa del producte es deixava sentir en el seu cos.

—Bon dia, Albert.

Palplantat enmig de l'estança, el company de la Maria no sabia què dir d'aquella estranya actitud.

—Però es pot saber què fots...?

—He pensat fer una mica de dissabte; la casa ho demanava i jo no tenia res més a fer.

L'Albert va deixar anar una riallada.

—T'has agafat seriosament això de no estar en un hotel, noi! No feia falta, home! Però, de tota manera, gràcies. Suposo que no has fet el dinar!

En Xavier també va riure.

—No sabia si vindríeu a dinar. Han quedat per fer el dinar i la vostra habitació. Això no m'ha semblat correcte.

—Home, gràcies per la delicadesa! Però t'asseguro que aquests últims dies no estem gaire d'humor per a res. Tot això ens ha trasbalsat massa, i no trobaràs el llit més desfet que el teu.

—En tot cas, menys: jo he dormit malament.

L'Albert li va donar un copet a l'esquena.

—Tranquil·litza't. Ja veuràs com la Maria se les enginyarà per poder tornar al costat del teu amic i llavors les coses aniran més bé. Ara vesteix-te, que anirem a dinar al bar de la cantonada: la Maria no arribarà fins a la nit.

—Naturalment que no es farà una atrocitat com aquesta, senyors —assegurà, greu, el doctor Casaforta—. Quan el seu fill ho va demanar encara estava influït per la impressió que li va fer saber de què anava la seva malaltia. De moment l'hem aïllat i només el podran anar a veure vostès. L'equip que en tindrà cura també serà un altre. No es preocupin: el seu fill comprendrà la realitat de l'esperança que tenim per a ell. No tornarà a demanar això, els ho asseguro.

Encara no havien acabat de sopar que va sonar el telèfon. La Maria havia arribat ensopida a casa: a la clínica semblava que no havia canviat res, tot i que en Casaforta havia parlat llargament amb els pares del noi. Va ser l'Albert qui va agafar l'aparell.

—Digui.

—...

Es va girar cap a la Maria.

—És per a tu, noia. El doctor Andreu.

La noia es va aixecar de la taula per agafar el telèfon.

—Digui.

—...

—Imagini's. Voldria estar una altra vegada amb aquell noi: això de l'aïllament ha estat un disbarat.

—...

—Com ha dit? —per uns instants el rostre de la Maria va reflectir l'estupor més absolut—. ¿Per pròpia voluntat?! Escolti, doctor, on és vostè ara?

—...

—Torn de nit? Bé; suposo que no hi ha cap aïllament. Vinc ara mateix!

Va penjar el telèfon i es va girar cap a en Xavier, encara amb la sorpresa al rostre.

—Ha renunciat —digué—. Ha cridat els seus pares i el doctor Casaforta i els ha dit que renunciava a la seva voluntat de morir, que restaria a la clínica. Han aixecat l'aïllament..., però em sembla que aquí hi ha alguna cosa estranya. Vaig a veure'l.

En Xavier la volia acompanyar, però la Maria va insistir que restés a casa. A aquelles hores no es podia admetre cap mena de visites.

A la seva cambra, connectat el seu cos als aparells que el mantenien viu, el noi va mirar amb afecte la Maria Rius, que havia anat a visitar-lo fora de les seves hores habituals, i va somriure.

—Ja ho veus —va dir—. De vegades cal retrocedir una mica.

—Suposo que has fet bé. Demà ja podrà venir en Xavier i, amb un amic a la vora, ja veuràs com tot sembla més fàcil. Però... és de debò que et vols quedar aquí? O és que ho has dit només perquè aixequin l'aïllament?

El noi va riure amargament.

—Tinc dret a la lluita, Maria, i en sóc conscient. Morir d'una manera o d'una altra només depèn de mi. Els meus camins només són els viaranys de la fosca.

El sol ja era molt baix sobre la muntanya quan, cansada i suada, bruta de terra i de fang, la noia bruna va poder considerar acabada la seva feina a la bassa.

Les velles pedres del fons i de les parets tornaven a estar a la vista i el raig d'aigua fresca de la font la començava a omplir altra vegada. Era la primera ocasió que tenia de rentar-se en quatre dies i certament no la volia deixar escapar.

Ningú no podia molestar-la en aquell racó apartat del món. Sentint-se lleugera, lliure com mai, es va despullar i va entrar en l'aigua clara.

CAPÍTOL SETÈ

ELS VIARANYS DE LA FOSCA

—«ELS MEUS camins només són els viaranys de la fosca» —va repetir en Xavier, pensarós, en el silenci de la cambra de la clínica—. ¿Saps que et va sortir una frase maca?

Del llit estant, amb aparells encara en el seu cos, el seu amic va somriure.

—Suposo que sí. Ja ni tan sols són viaranys vers la fosca... Bé, ara que ets amb mi, ja no em sembla tot tan negre.

En Xavier es va moure en la cadira.

—No m'acaba de convèncer la teva renúncia.

—No hi he renunciat, Xavier; no encara. Tu creus que vaig fer bé, quan ho vaig demanar?

—Sí. Ho he pensat molt i crec que és el millor que podies fer.

—Hi estàs d'acord malgrat la teva futura professió?

—Et recordo que el doctor Andreu hi anava a favor...

—Però tu creus en l'eutanàsia?

—En el teu cas, sí.

—Me n'alegro, perquè estic fermament disposat a no morir ací.

—I com ho aconseguiràs, ara que has renunciat davant Casaforta?

—No l'he de convèncer pas a ell. Xavier, tu ets estudiant de medicina: em sabries treure tot això del cos?

En Xavier va sentir que una suor freda li regalimava esquena avall.

—Em demanes que sigui jo qui...?

—Sí. Ho sabries fer?

—Sí.

—I ho voldries fer? No et demano que em responguis ara, és clar, però m'agradaria tenir la resposta aviat.

El tombant impensat que estaven prenent els esdeveniments va sobtar en Xavier.

—Així que vols fugir de la clínica?

—Sí.

—I on aniràs? Perquè no et pensis que et deixaran anar.

—Em faré nòmada. Viuré a les muntanyes, errant, fins a morir.

—Això és absurd!

—No. Recordes els llibres que et vaig demanar que compressis? Manuals de vida a l'aire lliure, de supervivència a la natura... En realitat, no vull fer més que de rodamón, una cosa que sempre m'havia fet il·lusió i que mai no havia pogut dur a terme. Fet i fet, només seran uns quants dies.

—Però... et caldrà material, equipament, queviures, un mitjà per a sortir de la ciutat..., et caldrà un contacte amb l'exterior. La meva feina no serà llavors fer-te l'eutanàsia, sinó preparar-te per fugir amb garanties. Caldrà resoldre tantes coses...; com sortir de la clínica, decidir cap a on anar...

A mesura que en Xavier parlava, els ulls del seu amic s'havien anat omplint de llum: llum de muntanyes, de rius, de prats, lluny de l'horror de la seva situació.

—Vols dir que ho acceptes? —preguntà.
—Vull dir que no ho sé.

La noia bruna havia dormit en la cova magatzem, damunt una màrfega de palla, nua dins el seu sac de dormir i se sentia, per primer cop des de molts dies, neta, descansada i ben arrecerada.

Es va despertar amb una dolça sensació de mandra per tot el cos, ben reposada, còmoda i tranquil·la i net el cos de tot el fang i la terra que havia acumulat en els dies de camí i les hores de treball.

Va sortir del sac i, després d'encendre un llum portàtil, es va posar uns texans i una samarreta mentre pensava que hauria de cosir i apedaçar la brusa que havia portat els dies anteriors. Es va calçar amb unes espardenyes, més còmodes per moure's en la seva nova llar que les pesants botes de muntanya, i, tot decidint de començar el seu primer dia sedentari amb bon aspecte, va fer una cosa que no havia fet d'ençà de molts dies.

Va agafar un petit raspall i un mirall i es va pentinar.

Com era de diferent la imatge que es reflectia sobre el mirall de la noia que el dia abans, bruta i esparracada, havia arribat a la vella masia! Ara la imatge era la d'una noia poc més que adolescent, de mirada clara en els seus grans ulls i de trets fins en el seu rostre suaument ovalat. Els seus cabells, que baixaven una mica més avall de les seves espatlles, eren d'un color bru intens, suaument arrissats i pentinats amb senzillesa a banda i banda.

Era menuda de cos, un cos fort i alhora bonic i ben proporcionat. Potser no arribava a un metre seixanta, i els seus braços, ferms, de qui sap treballar, les cames de bona caminadora, la cintura que es formava en una corba lleu i no excessivament afinada, les corbes dolçament mo-

derades dels seus pits, el ventre llis, l'aspecte de proporcions correctes de tot el seu físic, li donaven una mena d'encís especial que moltes noies de bellesa molt més espectacular no tenen mai.

No gaires nois havien sabut veure aquell encís però, en les seves circumstàncies, en aquell moment, això no importava gaire.

Feia hores que les ombres allargassades del capvespre de dissabte havien esdevingut negra nit i encara, assegut sota un arbre vora el camí, en la pau dels voltants del seu poble, en Xavier Albà no sabia quina decisió havia de prendre. Moltes coses havien passat pel seu esperit des que, aquell mateix matí, el seu amic li va fer la terrible demanda. No havia volgut dir res a la Maria, però havia comentat alguna cosa amb l'Albert; no volia afegir una altra preocupació a les moltes que ja tenia la jove infermera.

Ara, però, els seus pensaments seguien viaranys més inquietants; «els viaranys de la fosca», havia dit ell... Matarien les seves mans al seu millor amic? O, si no ho feia, condemnarien les seves mans a una mort lenta el seu millor amic? El dilema era terrible, colpidor...

Què decidir, què fer? Dilluns al matí ja tornaria a ser a Barcelona i havia de ser-hi amb una resposta. Mirà al seu voltant. Quants dies, quantes nits passejant per aquells mateixos camins amb qui ara esperava la seva decisió! Quants somnis d'infantesa i adolescència, quants dubtes! Ho podria fer? Com ho faria?

Com ho faria? Aquesta pregunta es va formular sobtadament en el seu pensament. Seria terriblement complicat, però... per què havia preguntat a l'Albert quin seria el dia lliure de la Maria aquella setmana? ¿Per què, abans d'agafar el tren, havia anat a mirar com funcionaven els aparells de consigna automàtica d'equipatges? Una idea es va anar fent pas, lentament, cap a la superfície dels seus pensaments.

I és que, en realitat, sabia des del primer moment que ho faria, que les seves mans matarien el seu millor amic.

I hi estava disposat.

Un cop a casa seva, tancat a la seva cambra, va passar la resta de la nit preparant i rebutjant projecte rera projecte. Hi havia molts problemes: la seva pròpia cobertura, com sortir de l'edifici, la preparació dels equipaments... Finalment, quan el sol clarejava ja damunt les cases, va tenir llesta i mecanografiada una llarga llista d'equipaments que hauria de ser aprovada i, al cap d'un parell d'hores, tres folis d'instruccions —que van ser després reduïts a un— i que també havien de ser aprovats.

Tindria ara dies molt difícils; preparar-ho tot, comprar el material... i no pensar que, aquell mateix dimecres, el seu amic se n'aniria i no el veuria mai més, i que ell mateix l'hauria matat.

I, amb això, hauria fet la més gran tasca humanitària de la seva vida.

El problema de com tancar la porta va ser ràpidament resolt per la noia bruna. Amb un xerrac, i aprofitant uns suports que amb aquell objecte tenien els dos batents de la gran portalada, aviat una branca d'alzina va constituir un eficaç, encara que un xic pesant, substitut del pany.

D'aleshores ençà, ja podria dormir tanquil·la.

CAPÍTOL VUITÈ

ELS DARRERS DIES

NO CAL DIR que els dies d'aquell cap de setmana van ser per al noi, tancat en l'habitació de la clínica, els més tensos de la seva vida. Tot depenia ara de la decisió d'en Xavier, de la seva voluntat, de la seva empenta. El noi mai no havia dubtat d'ell, però la situació era ara massa extrema.

Les hores s'arrossegaven lentes, pesants, rellegint els llibres, tenint converses inconnexes amb la Maria quan l'anava a veure, sense poder explicar-li res... Mals pensaments el voltaven: ¿tindria encara força física?, ¿estaria ja massa afectat?, ¿sabria tornar a caminar per la muntanya?

I, sobretot, quant de temps viuria?

L'angoixa de l'espera es multiplicava a mesura que les agulles d'un rellotge de taula descrivien el seu curs lentíssim sobre el temps, sobre la vida, amb un sorollet insistent de metall que se li endinsava a les temples com una daga d'esmolada nerviositat, de por glaçada.

Tanmateix, procurava dormir, relaxar-se, descansar. Ja era prop el dia en què caldria fer servir tota la seva força, i el descans era necessari, alhora que els somnis descarregaven la seva ment de pors que, d'altra manera, haurien estat més fortes que ell mateix.

Dissabte, diumenge... El matí de dilluns va arribar a la fi, i amb ell la Maria, per ajudar-lo a fer una mica d'exercici. Va fer el possible perquè no el trobés tens, però aquella tensió no va escapar a l'ull de la noia, que, tanmateix, no va dir res.

Més tard, puntualment, a les deu, com tantes vegades, la porta de la cambra es va tornar a obrir.

En Xavier Albà hi va entrar.

Amb els ulls enrogits per la son.

Amb el posat decaigut.

Amb una carpeta sota el braç.

Es va fer la llum.

—Xavier! He d'interpretar que...

En Xavier va anar a seure als peus del llit.

—Li has dit res a la Maria sobre el que em vas demanar? —preguntà directament.

—Res.

—Has fet bé. Jo tampoc. Només vaig comentar alguna cosa amb el seu company.

—I tu...?

—Ho faré, si encara hi estàs decidit i m'ajudes a perfer els plans.

Van sospirar fondament, gairebé tots dos alhora.

—No ens pot sentir ningú? —va preguntar en Xavier.

—Ni sentir-nos ni veure'ns.

—Bé —va obrir la carpeta i en va treure un full mecanografiat—. El teu equip. Vull que hi indiquis allò que et calgui —li va passar també un llapis.

Amb nova energia, la mà del noi va resseguir la llista i va marcar el material que creia necessari. Quan va tornar-la a en Xavier, aquest va assentir amb el cap.

—Ho compraré tot aquest mateix matí.

—I quan...?

—Demà passat. Mira ara això —va passar-li el full mecanografiat amb les instruccions—. Vull que em diguis on falla.

El noi va estar llegint-ho i estudiant-ho una llarga estona. Després ho va tornar a en Xavier.

—No falla enlloc —jutjà—. És senzillament genial. No obstant això, em molesta el sistema de la teva coartada.

—Perquè et fa quedar com un porc?

—Això tant me fot! Perquè em fa fer-te una cara nova! M'has de prometre que la Maria sabrà la veritat. No vull que pensi que de debò he fugit per aquest sistema!

—Estigues tranquil que ho sabrà. Tu hi estàs d'acord, amb el sistema?

—Sí. I tu estàs d'acord amb la meva decisió?

—També.

—Encara hi ha una cosa, Xavier.

—Quina?

—Si vaig fugint per la muntanya, la vida a l'aire lliure, l'exercici, el contacte amb la natura... Bé, ¿no creus que potser em donarà una oportunitat? Potser no estic tan condemnat com es pensen!

Tot i que sabia prou bé que en realitat les possibilitats eren ben minses, en Xavier va estar molt content de sentir aquelles paraules d'esperança. En aquell moment es va adonar que veritablement valia la pena, que hi havia un fort motiu per a la lluita, per als seus plans insensats, per voler cercar el dret a una mort digna.

—Per cert, ja que hi som —va dir el seu amic, com si ho digués per casualitat—, potser et caldrà això.

I va treure del calaix de la tauleta de nit un sobre

blanc curosament tancat que va posar a les seves mans. En Xavier el va obrir: era ple de bitllets de banc.

—Però d'on ho has tret, això?

—El dia que vaig començar a imaginar el projecte, a pensar que potser em caldria fer servir aquesta mena de sistemes, hi va haver la coincidència que el meu pare em va venir a veure i em va portar «això» dins un maletí d'executiu americà que no tanca gaire bé... Mai no recorden que, en realitat, no estic pas tan invàlid!

En Xavier va riure de bona gana.

—Certament, no et falla ni un detall! —digué mentre amagava el sobre en una butxaca de la seva jaqueta.

S'aixecà per acomiadar-se.

—Tornaré demà passat. Estigues tranquil i preparat. Has tingut molts dies d'inactivitat, però el teu alliberament es farà contra rellotge i et necessito relaxat.

Va sortir de la cambra sense dir res més. No trobava paraules de comiat.

Dimarts va ser un dia de compres, de compres variades, aparentment inconnexes a vegades, però orientades sempre cap a un mateix objectiu.

Cap al migdia l'equipament estava complet, ja res no mancava. En el petit pis de Gràcia, ajudat per l'Albert, en absència de la Maria, en Xavier va preparar la motxilla, la va tancar amb tot el material correctament endreçat i va afegir-hi una bossa d'esport amb coses que no hi havien cabut.

Després d'acomiadar-se de l'Albert amb una abraçada, conscient que partia cap a unes darreres hores d'angoixa, va sortir cap a l'estació de Sants.

Als aparells de consigna automàtica acabava el procés preparatori. Allà, una moneda introduïda en una ranura li donava dret a fer ús d'un dels armariets, amb la clau corresponent, per un termini de vint-i-quatre hores. No en necessitava pas més.

Obert l'aparell, va posar a dins la motxilla, la bossa d'esport i, d'una manera ben visible, un sobre amb un bitllet de tren i una forta quantitat en metàl·lic, el que havia sobrat de la suma que el seu amic li havia donat.

Acabada l'operació, va tancar l'armariet, va posar-se la clau a la butxaca i, amb pas una mica indecís, mirant sovint enrera, va tornar cap a les taquilles per tal d'agafar bitllet de tren cap al seu poble.

L'endemà seria el dia més angoixós de la seva vida, no en tenia cap dubte.

Un cop a casa seva calia enllestir el darrer detall que ho deixaria tot disposat per a l'endemà: tot estava llest quant als equipaments i als plans, només faltava deixar-ho tot llest pel que feia al seu cos.

Es va tancar a la cambra de bany, va agafar una fulla d'afaitar i, procurant mantenir el pols ben ferm, es féu un llarg tall a la galta esquerra.

Satisfeta pel resultat dels seus dies de feina, dels quals portava el compte en un petit calendari, la noia bruna se sentia plenament senyora d'aquella casa i del seu entorn.

L'antiga masia, en efecte, d'una runa que era, havia esdevingut un amagatall força acceptable i fins i tot acollidor. La bassa permetia de rentar tant els estris, els plats i la roba com el seu cos; la cova del penya-segat, amb l'entrada degudament camuflada a la sala principal de l'edifici, havia esdevingut, a més d'un magatzem, un agradable estatge per si algú pujava fins aquell lloc perdut i l'obligava a amagar-se; el petit dormitori, amb la finestra orientada cap al prat i al bosc, era una cambreta endreçada i polida, tot i que estava a punt de desaparèixer en cas d'alarma; a la cuina, finalment, el forn funcionava i, en les nits fredes, un petit foc cremava també a la sala principal.

Una dolça tranquil·litat indolent l'amarava aquells dies i, tot i que, a vegades, se sentia un xic sola, es trobava bé. Comparat amb els dies que havien precedit la seva fugida, aquell estat de pau era un paradís per a ella.

Sovint sortia de la casa per passar el dia trescant per la muntanya, coneixent nous paisatges, noves flors, nous arbres... Tardorejava ràpidament i el vent, imprevisiblement arrauxat, començava a fer caure les fulles dels arbres, a despullar els faigs de vora la bassa.

Tanmateix, entre els murs de la vella masia escalfada per la seva presència, el fred mai no era intens.

El temps, uniformement serè fins llavors, va començar a resultar amenaçador el darrer dimecres de setembre. L'horitzó va vestir-se de núvols grisos que ofegaren el sol en la seva sortida.

Acostumada a l'aire lliure, la noia bruna va preveure tempestes per a un parell de dies més tard.

CAPÍTOL NOVÈ

TAN SOLS UN NOI

LA INFERMERA de la recepció, que no era l'habitual, per sort per als seus plans, va mirar en Xavier amb una expressió esglaiada.

—Però noi! Què t'has fet a la cara?

Un embenat blanc, fet de gasa i esparadrap, tapava en efecte gairebé la meitat del rostre del jove estudiant de medicina.

—No res —va respondre—. Un petit accident, però em fa portar amagada molta pell: em vaig fer un tall...

Assentint amb el cap, la recepcionista va prémer el timbre d'avís a la infermera que havia d'acompanyar-lo fins a l'habitació número deu. Va respondre una noia que en Xavier mai no havia vist i que, segons havia calculat amb l'Albert, havia de ser una auxiliar d'ingrés recent encarregada de fer les substitucions de les infermeres titulars en els dies lliures d'aquestes. Mentre seguia la noia per les escales i el passadís, en Xavier va pensar que era una veritable sort que la Maria tingués un horari tan irregular.

A la fi es va trobar davant la porta de l'habitació número deu, on s'hauria d'enfrontar amb un dels moments més difícils de la seva vida. Vacil·là uns moments i entrà.

—Hola...

Els ulls del malalt van brillar entre els llençols.

—Hola, Xavi. Tot en ordre?

—Tot en ordre. La infermera s'ha retirat, així que tenim el camp lliure abans que torni. Caldrà que ens moguem de pressa.

—Com és aquesta infermera?

—Alta, bruna, cabells arrissats, ulls foscos...

—No l'he vista mai —va fer el noi—. O sigui, que ella tampoc no em coneix.

—I t'identificarà només perquè portaràs aquest embenat.

Per primer cop, el noi va mirar les benes que tapaven mig rostre d'en Xavier.

—Xavi, ets tot un *tio.* T'has fet gaire mal?

—El normal. Però ara som-hi. Tens un barnús?

El noi li'n va passar un que ja era sota el llit, tot dient:

—He aconseguit posar-me d'amagat mitjons i roba interior. Així ens estalviarem temps de canviar-nos.

Assentint, en Xavier es va treure els texans, les sabates i el jersei i es posà al barnús. Després ajudà el seu amic a posar-se els pantalons i a calçar-se.

Va treure gasa i esparadrap de la seva bossa de mà i va fer sobre el rostre, encara ajegut entre els llençols, una imitació del seu embenat.

Mirà el resultat: així, vestits igual i amb mitja cara tapada d'igual manera, essent semblant el posat i el color dels cabells, una persona que, com la infermera, no els conegués més que d'un moment i que, naturalment, no tingués cap motiu per a sospitar una suplantació, els prendria per la mateixa persona.

Acabat això, en Xavier es va asseure al costat del llit.

—Ara ve el pitjor —digué—. Encara et pots tirar endarrera.

El noi féu que no amb el cap. En Xavier va treure de la seva bossa unes pinces, unes petites tisores i una capsa de diminutes benes autoadhesives.

—Ara relaxa't —demanà—. Només serà un moment.

El noi va mirar d'asserenar-se i estar com més quiet millor, malgrat la lògica por i els batecs incontrolats del seu cor. Què passaria si moria allà mateix? Però no volia ni pensar-ho...

Tancà els ulls, mentre les mans d'en Xavier resseguien, hàbils, el seu cos lleugerament tens.

Els tubs del ventre, connectats amb agulles, els tubs de sèrum de la mà esquerra, els del braç, els cables que anaven al seu cap, els elèctrodes de les temples i del pit..., tot va anar sortint del seu cos, de la seva pell, de les seves venes... No hi havia dolor, només una estiradeta, una lleugera pressió en enganxar-se l'embenat adhesiu... Al cap d'uns quants minuts, la veu d'en Xavier, amb una lleugera tremolor, va dir:

—Ets lliure.

Obrí els ulls. Cap dels aparells no estava connectat al seu cos. Es podia moure. Era lliure.

Amb un sanglot, es va abraçar al seu amic. En Xavier el va apartar.

—Apa, apa, no ens posem emotius ara, que queda el més difícil per a tu —digué, amb veu calma mentre, però, una llàgrima, lliscant per la galta, traïa la seva emoció.

Seguint la indicació, el noi es va posar el jersei del seu amic, es va cordar els texans i quedà ja totalment vestit, amb la cara tapada, llest...

—Com te trobes?

—Molt bé. Podré caminar sense problemes.

En Xavier li va fer una nova abraçada, conscient que seria la darrera. Després va quedar dempeus entre el llit i el seu amic, ja dret.

—Ara. Fes-ho —digué.

—Però, Xavier, no sé si podré...

—Has de poder! Si no ho fas, què diré jo?

El noi sospirà fondament.

—Bé —mormolà—, suposo que no hi ha cap altre remei —va fitar el seu amic—. Xavier, mai no t'ho podré agrair prou.

Li va fer un petó i una abraçada. Després va fer un pas enrera i, amb tota la seva força, va llançar un formidable cop de puny contra el seu rostre.

Mentre en Xavier Albà, semiinconscient, queia sobre el llit, el noi va obrir la porta de la cambra i va sortir al passadís.

Va travessar la clínica amb pas lleuger, pregant perquè tot sortís bé. A la butxaca dels pantalons duia una petita cartera amb la seva documentació i els diners que l'acabarien de treure de Barcelona.

Ningú no es va fixar en ell mentre creuava el vestíbul i sortia al carrer.

Es va allunyar una mica i va aturar un taxi.

En la serenor del seu despatx, el doctor Casaforta examinava un atapeït dossier que parlava del cas del pacient de la deu. Capficat en la seva feina, no va sentir els crits, ni les corregudes pels passadissos, ni el xiscle que havia estat l'inici de tot aquell batibull, ni el poti-poti en què es va immergir tota la clínica.

Va prendre consciència de tot això, quan la porta es va obrir de cop i va entrar el doctor Andreu anormalment pàl·lid.

Allà baix, mentre esperava el tren...

—El pacient de la deu! —barbotejà—. Ha estabornit el seu amic d'un cop de puny, ha agafat la seva roba i ha fugit!

En Casaforta va trigar uns moments a ser plenament conscient del que havia succeït. Després, a poc a poc, reaccionà: només hi havia una explicació possible.

—Truqui a la policia —va dir—. S'ha tornat boig!

El vestíbul de l'estació de Sants era ple de gent que anava i venia, carregada de paquets, maletes, criatures... Ningú no es va fixar en la figura solitària d'un noi que anava cap a la consigna automàtica.

Va agafar una clau que duia a la cartera i va obrir l'armari. Del seu interior, en va prendre el sobre, la motxilla i la bossa d'esport. Llegí l'hora indicada en el bitllet de tren i, consultant el seu rellotge, va tancar la porta i va anar, carregat amb el seu equipatge, cap a les escales que menaven a les andanes.

Allà baix, mentre esperava el tren, va pensar ràpidament: oficialment, i gairebé pràcticament, era mort. Així que no hi havia cap motiu per a mantenir la seva identitat. D'una revolada, va tirar tots els seus documents, degudament esmicolats, a una paperera.

Després d'aquella acció ja no tindria ni nom ni família. Només seria «un noi».

SEGONA PART

CAPÍTOL DESÈ

FINS QUAN?

NEGRA NIT sobre ciutat i, encara, al menjador de casa seva, amb el llum encès i un cigarret als llavis, el doctor Andreu continuava despert, enfonsat en una poltrona i en una munió de negres pensaments. Adesiara, en un moviment incert, es posava als llavis el cigarret o el got de vodka, on fins i tot el soroll dels glaçons tenia gust de fracàs.

Al seu costat, asseguda en una cadira, la seva dona tractava inútilment de tranquil·litzar-lo.

—No hi has pogut fer res, tot plegat ha quedat més enllà de la teva responsabilitat. Per què t'hi has d'encaparrar, ara? Enric, home, ¿no creies tu mateix que el que demanava aquell noi era perfectament acceptable? Ho ha fet. Per què hi has de pensar més?

L'Enric Andreu es va empassar una glopada d'alcohol abans de respondre.

—Sí, però hi ha tantes coses a pensar... Les raons d'en Casaforta, per exemple —deixà el got a terra: estava nerviós i quan estava nerviós movia molt les mans en parlar—. ¿Té veritablement dret, un metge, a allargar el sofriment d'un malalt adduint que, de l'agonia d'aquest, en treurà coneixements per a salvar altres vides en el futur? —amagà el rostre entre les mans i mogué el cap com si volgués allunyar un malson—. Merda... —mormolà—, el que em van ensenyar a la facultat era medicina, no política...

La seva dona li posà la mà sobre l'espatlla.

—I no ha estat, a la fi, el mateix malalt qui ha evitat la política? El que ha fet ha estat pràcticament una revolta!

—Sí, s'ha revoltat, però no té on anar. La policia a hores d'ara ja li deu anar al darrera.

—I què importa a la policia el rastre d'aquest noi?

El doctor Andreu va fer un sospir.

—En Casaforta creu que s'ha tornat un boig perillós. Bé, ho creu o fa veure que ho creu. Va dir que era capaç de tot, fins i tot d'estabornir el seu millor amic per fugir amb la seva roba...

—Però això sí que ho va fer.

El metge negà amb el cap.

—Ho dubto. Necessitava algú que l'ajudés, que li preparés la fugida i, aquest noi, en Xavier Albà, té a més prou coneixements de medicina per haver-li tret tots els aparells en un moment... Massa casualitats, a més: en Xavier Albà es fa un tall al rostre i es presenta amb mitja cara embenada justament uns quants dies després que el seu amic va fingir renunciar a l'eutanàsia i precisament el dia que la Maria Rius, la infermera que els coneixia millor tots dos, no era de servei i ocupava el seu lloc una noia que no coneixia ningú... No, és massa casual.

—Pot ser..., però, en tot cas, potser després d'aquesta experiència en Casaforta començarà a tenir sentiments.

El doctor Andreu va prendre el got altra vegada i l'acabà de buidar d'un glop.

—No es tracta de tenir sentiments o de no tenir-ne

—digué—. Potser els seus plantejaments són millors, o més pràctics, si més no, que no pas els meus, o potser no. Et ben asseguro que tot plegat no és un problema de pel·lícula americana de metges miraculosos i gairebé sants, sinó un problema increïblement fotut...

No sabien quantes hores s'havien escolat en la nit gracienca, tractant de parlar de mil coses i trobant sempre els mots igualment buits, tots tres, la Maria, l'Albert i en Xavier, fent-se companyia enmig de la solitud mútua en el pis que no era sinó un doll de silencis feixugament sentits.

—M'hauria agradat d'haver-lo conegut en unes altres circumstàncies —va mormolar la Maria, asseguda en una cadira baixa.

—Era..., vull dir és, una persona meravellosa —va respondre en Xavier.

—I molt valent —afegí l'Albert—. Ha de ser difícil decidir-se a morir. És clar que: ¿no va dir ell que tenia esperança?

En Xavier assentí amb el cap.

—Ho va dir, sí. I diuen que un malalt amb un veritable desig de viure té més possibilitats de salvar-se.

—És cert —féu la Maria—. I més d'una malaltia que ningú no coneix... Ni tan sols en Casaforta, malgrat les seves pretensions! Em pregunto què deu fer ara.

—Diran que s'ha tornat boig o una cosa per l'estil i l'empaitaran —aventurà amargament l'Albert—. Dubto que el deixin en pau. Per sort, és una persona forta.

—Com a mínim amb bons punys! —va riure la Maria—. Si sabessis com va costar de retornar-te, Xavi!

—Mai no havia rebut amb tanta alegria un cop de puny. Ara ell és lliure, en la vida o en la mort...

El camí, el camí que mena vers l'horitzó llunyà de les muntanyes, el camí que corre primer entre camps de blat, després entre prats i matolls i, a la fi, entre boscos sense límits; el camí que és un reguitzell d'impressions, de paisatges, de somnis; el camí que és una sendera de llibertat... Què hi fa on condueix? Quina importància té saber on ens condueix cada passa? El que té importància, l'únic que té importància, és el camí, la llibertat.

Sota un sol de matí tardorenc, amagat a estones pels núvols, entre els pins i les alzines que vorejaven la sendera, el noi caminava feliç.

Cada inspiració omplia el seu pit d'aire net i fresc que la sang es delia per beure, cada passa comunicava a l'esperit la joia de caminar de nou sobre pedra i terra, oblidant els rajols plastificats de la cambra de la clínica, oblidant l'asfalt dels carrers de la ciutat llunyana. Tot el seu cos sentia novament el delit de fer un esforç, de caminar amb la motxilla a l'esquena, tastant a poc a poc el seu primer dia de llibertat.

Cada instant, i ell ho sabia, l'acostava un xic més al moment suprem de la seva mort, però no el colpia en cap moment la preocupació pel demà. Fet i fet, en un racó del seu esperit confiava que no perdria la vida, confiava que la vida lliure el recuperaria. I, al capdavall, feia mesos que la mort era la seva companya fidel i ja no tenia por d'acceptar-la a la seva vora fins a l'extrem.

Havia fet nit una mica bosc endins, a un costat del camí, sota una gran alzina, i havia dormit molt millor que quan era a la clínica, voltat per la natura expectant. Aquell dia, en aixecar-se quan sortia el sol, havia revisat el seu equipatge i l'havia trobat veritablement excel·lent. Havia canviat el seu calçat de carrer per un parell de fortes botes de muntanya i així, amb l'espai que estalviava a la motxilla, havia pogut prescindir de la bossa suplementària.

Havia decidit d'anar camí enllà, sense preocupar-se d'on el menaria, sense preocupar-se d'allà on aniria perquè no hi havia cap raó per a anar enlloc. Estava segur que el buscarien, que no el deixarien morir en pau, però tant li feia: les possibilitats de trobar-lo eren mínimes.

Es va aturar un moment i es tragué la motxilla per descansar una mica. Va deixar la seva càrrega recolzada al tronc d'un arbre i caminà unes passes sentint aquella agradable sensació d'estar surant damunt un matalàs de no-res.

Vora el camí, unes mates de ginesta van atreure la seva atenció.

Anà a ajupir-se per olorar aquelles darreres flors.

I llavors arribà.

Sentí com el cap li feia voltes i més voltes mentre un ofec colpia el seu pit i el seu cor emprenia un ritme irregular de batecs. Un teló vermell es va abatre davant els seus ulls.

Va caure a terra, mentre mil llums esclataven en la negror.

Un darrer pensament, una maledicció contra la mort, que arribava tan aviat.

I després res. El buit absolut.

> ... En el moment de la seva desaparició duia texans i camisa blava amb mànigues i calçava sabatilles esportives. Es prega a qualsevol persona que pugui facilitar dades sobre la seva localització que es posi en contacte amb la família o amb la caserna de la guàrdia civil més propera. Recordem que té les facultats mentals greument alterades...

L'Albert apagà la ràdio gairebé d'un cop de puny.

—Com poden arribar a dir tantes mentides! —s'exclamà.

—No el trobaran mai, facin el que facin —el tranquil·litzà la Maria—. És impossible seguir el rastre d'una persona que es mou per la muntanya totalment a l'atzar.

—Creus que és viu?

—És clar que sí!

Una lleu flaire de ginesta arribà lentament al seu nas, i es va fer consistent, sensible, entre la fosca que l'envoltava. A poc a poc, amb la basarda encara al pit, el noi va obrir els ulls.

Es trobà estirat a un costat del camí, amb la cara vora un matoll de ginestera, el cos distès, cobert de pols. Es va moure feblement però sense dificultats. Al cap i a la fi, era viu.

Havia tingut el primer atac, la primera insuficiència, que segons tothom, l'havia de matar instantàniament. Tanmateix havia sobreviscut i, aquest pensament, que eixí del fons del seu ésser, el va acabar de fer reviscolar i l'omplí d'esperança.

Es va aixecar, tot espolsant-se la roba. Al cel, entre núvols d'una grisor feixuga, el Sol anava a la posta. Havia estat inconscient tot un dia, però havia tornat del reialme de la mort.

Va seure al peu de l'arbre on havia deixat la motxilla, de la qual va treure un portaviandes. Va menjar un tros de formatge acompanyat d'un glop d'aigua de la cantimplora.

Era viu, viu... La nit anava caient sobre el món i ell viuria per a veure el nou dia. Increïblement, més enllà de tot somni, restava un bleix d'esperança.

Es trobà estirat a un costat del camí...

Es va treure les botes i, tot agafant el sac de dormir que anava lligat sota la motxilla, es va disposar a fer nit allà mateix, recolzat en el tronc de l'arbre.

Dimecres havia estat el dia de la seva mort, però el divendres encara el trobaria viu.

Hi podia haver, veritablement, una esperança?

CAPÍTOL ONZÈ

LA NOIA BRUNA

DE BON MATÍ ja el cel estava totalment negre, però no es decidia a ploure. A terra tan sols arribava una llum esmorteïda, grisa, que dibuixava d'una estranya manera els contorns dels arbres. Tota la natura mantenia un silenci tens, expectant, trencat tan sols pel murmuri de la font. Adesiara, un tro retrunyia lluny i feia tremolar les fulles mortes a les branques.

A la vella masia, la noia bruna, que ja ho havia deixat tot llest per afrontar la tempesta, es distreia intentant de reflectir en un paper, amb un llapis de mina gruixuda, el dibuix estrany en forma de llança dels faigs nus vora la bassa.

Encara no havia acabat que un llamp espetegà en l'aire quiet i grosses gotes d'aigua començaren a caure damunt la clariana. Va entrar a l'edifici mentre, com si totes les comportes que aguantaven les aigües del cel s'haguessin trencat alhora, un veritable diluvi queia sobre la muntanya.

A la sala principal va encendre el foc, tot mantenint la porta lleugerament oberta, només una escletxa, per tal de permetre un corrent d'aire que empenyés el fum cap a la sortida del mur enrunat de la cuina. Després va seure vora el foc, a esperar que acabés la tempesta.

Els llampecs feien estremir el firmament mentre els trons treien estranys ressons de la volta del sostre i l'aigua queia, i queia sense aturar-se, com una cortina gairebé sòlida, amenaçadora. A fora, la foscor feia semblar que era negra nit, nit d'ombres mal dispersades per les flames vacil·lants de la foguera.

L'esperit de la noia bruna es va anar també omplint d'ombres, d'inquietuds, d'angoixa. A poc a poc, a contracor, es va haver de reconèixer a si mateixa que tenia por, por de la tempesta que semblava que no havia d'acabar mai.

A la seva cambra, els finestrons que havia improvisat amb fustes velles espetegaven, mal agafats, contra les finestres, però no tenia esma d'anar a afermar-los perquè aturessin el seu copejament d'irregular timbal que ressonava com un himne de por en les seves temples.

A cada bufada del vent de fora, les fustes i les falques de la porta gemegaven com cossos torturats fins al límit de tota resistència, i les flames es contorcien com si estiguessin posseïdes d'un dolor irreal.

Les familiars alzines es convertien en gegants que udolaven amenaces arcanes de la muntanya entre l'aigua, el vent i el foc...

Combat d'elements: aigua lligada amb foc saltant per l'aire contra la terra, basarda que colgava sentits i sentiments...

La casa, certament, havia resistit moltes tempestes com aquella però, en la imaginació enfebrida de la noia, semblava tremolar també, espantada per l'enfuriment de la natura contra la seva intrusió centenària.

Amb tot, sobre la por i dins la por..., cap música humana no podria descriure aquella lluita, tot i que cada instant semblava un compàs de la *Nit al Mont Pelat* de

Mussorgski, però sense arribar mai a l'esperançador repic de campanes del final. Les ombres que la llum de les flames no desfeien semblaven bullir de bubotes expectants. La noia bruna s'arraulia més i més, protegida per la seva manta, abraçada de calidesa enmig de la basarda.

Però les visions i els retrunys i les bubotes continuaven al seu voltant, i se sentia massa feble, massa petita, massa sola...

I, de sobte, un soroll estrany a fora, entre la pluja.

I uns cops forts sobre la fusta.

I la porta esbatanant-se d'una revolada.

I una figura foscament deforme que queia dins la sala.

La noia bruna va llançar un únic crit. Un crit de pànic.

Precàriament embolicat amb una capellina, el noi lluitava per obrir-se camí entre la pluja, que queia com una cortina, una cortina que cobria un mur impenetrable.

Anava xop fins al moll dels ossos, malgrat les seves botes i aquella ampla capa que cobria fins i tot la motxilla. Tenia fred, molt de fred, i, per què no s'ha de dir, una bona dosi de por.

Per a acabar-ho d'adobar, li feia l'efecte que havia perdut el camí, que la sendera que el menava ara, entre un espès bosc d'alzines, no anava en la direcció correcta i, a més, feia massa pujada. No semblava sinó que anés vers el cim de la muntanya, la qual cosa, és clar, no li aniria gens bé.

I la pluja queia i queia... Necessitava amb urgència un aixopluc on es pogués treure la roba mullada, si la que duia a la motxilla no era ja més molla encara.

El fred i la por alhora apunyalaven el seu cos amb dagues de glaç, un cop i un altre, sense parar.

Tenia por, molta més por que la que mai no havia sentit: la por de l'home que ha de constatar la seva impotència davant la natura, la por de la bèstia en caure al parany... i els arbres al voltant, els arbres que podien atraure el llamp sobre el seu cap, els arbres que es convertien en perill... Una clariana, calia trobar una clariana.

I, de sobte, al seu davant, els arbres van donar pas a un espai buit, i encara més: a la claror d'un llampec massa proper, va poder veure fugaçment una colossal paret de roca i, als seus peus, una casa. Enrunada, caiguda, però una casa, un aixopluc, una taula de salvació... Va córrer cap a la porta amb tota la força de les seves cames fatigades i els seus peus pesants pel fang.

La porta va oposar una certa resistència, però al segon cop es va obrir de bat a bat i li va deixar el pas franc.

Una calor tènue envoltà la seva pell mentre davant els seus ulls espetegava un alegre foc i un xiscle de pànic colpia salvatgement les seves orelles.

Va restar una estona quiet, callat, sense saber com reaccionar, encara carregat de basarda. Il·luminada per la foguera, la sala es veia de notables dimensions, amb sostre de volta elevat, de canó, i una porta oberta a cada costat. És clar que allò que va atreure més l'atenció del noi va ser la figura que dempeus, recolzada al mur, el mirava amb ulls d'animal acorralat.

Va poder veure, a la tremolosa lluïssor de les flames, que es tractava d'una noia, una noia bruna, amb els cabells suaument arrissats caient sobre les espatlles, sobre el rostre bonic, malgrat la màscara de por del moment,

La primera reacció del noi va ser la de tancar la porta i tornar a falcar-la amb un parell de peces de fusta que es veien a terra. Després va adreçar un gest amistós a la noia bruna.

—Hola. Perdona'm si t'he espantat, però no esperava trobar ningú aquí.

La noia, sense moure's de la seva posició, recolzada al mur, el va fitar desconfiadament sense dir res.

—Estigues tranquil·la —va insistir ell—. No has de tenir cap por. Només he vingut a buscar aixopluc.

Va posar-se la mà a un costat per tal descordar-se la capellina i, en aquell moment, la veu de la noia ressonà com una fuetada entre els sorolls de la tempesta.

—Quiet!

Ell va aturar el seu moviment.

—M'he de treure la motxilla —protestà—. No has de tenir cap por: no sóc sinó un altre excursionista perdut en la tempesta.

Va iniciar un moviment cap a ella, amb la mà estesa en un signe de pau. La veu de la noia va tornar a sonar alhora que el foc revelava el reflex metàl·lic de la fulla d'un ganivet a la seva mà dreta.

—Quiet!

El noi es va aturar.

—No tinguis por —repetí—. No et vull cap mal. Mira: no m'acostaré on tu ets, però deixa'm treure la capellina i la motxilla.

La noia es va apartar una mica de la paret i ell va poder comprovar que, efectivament, duia a la mà un ganivet llarg de muntanya.

—A poc a poc —digué ella.

Va obeir i es va treure primer la capellina i després la motxilla, sempre amb moviments lents. Amb un gest del ganivet, la noia bruna va indicar que ho deixés tot a terra i anés a seure vora la paret del cantó oposat al que era ella, a prop de la porta. El noi seguí sense protestar les seves indicacions i, quan va estar assegut, va poder veure com ella anava a seure, recolzada a l'altra paret, sense deixar anar el ganivet i posant la foguera entre tots dos.

Va intentar tranquil·litzar-la.

—No has de tenir-me por. Estic sol i espantat com tu; estic mullat i tinc fred. Per què això?

La noia es mantingué callada. Ell va insistir.

—Per favor, digues alguna cosa: fa dos dies que no parlo amb ningú.

¿Potser va advertir un moviment estrany, com un cert relaxament, en la noia, a l'altre costat de la foguera? Era difícil de dir: només en veia una silueta fosca.

—Almenys, deixa el ganivet. No t'he de fer cap mal, i no porto armes: el meu ganivet és a la motxilla.

Cap resposta. El noi sabia perfectament el que passava: la seva sobtada aparició enmig de la tempesta, la por que devia amarar la noia bruna... De sobte, va prendre consciència que potser aquella seria la darrera noia que coneixeria a la seva vida. Va sentir un intens desig de seure a la seva vora, de parlar amb ella, de compartir impressions, de saber què feia tota sola en aquell racó apartat, de calmar la seva por, de —per què no?— fer-li un petó de pau i acaronar aquells cabells seus tan bonics... Però ella restava allà, inabastable i gairebé invisible, a l'altre costat de la foguera, espantada, encarant una arma al seu cos.

Va decidir de tornar a provar.

—Noia, no creus que aquesta situació és absurda? Som tots dos aquí, mirant-nos amb desconfiança, amb por cadascun de l'altre, espiant cadascú els moviments de l'altre, passant fred tots dos. Per què hem de tenir tots dos una foguera apartada, si podríem seure tots dos vora el foc, parlant i prenent alguna cosa calenta mentre esperem que passi la tempesta? Mira, tinc menjar a la motxilla i podríem compartir un dinar compartint de passada també les nostres pors, no et sembla?

Va detectar un moviment de l'altre costat de la foguera i va sentir la veu de la noia, ja sense aquell to amenaçador d'abans.

—He desat el ganivet. No et moguis, però, i perdona'm per aquesta actitud. Fa massa dies que estic sola.

Ho havia aconseguit en part: la noia començava a confiar.

Decidí de donar un pas decisiu: molt lentament, amb les mans ben visibles, es va posar dempeus.

—Mira'm. No porto armes. No has de tenir por.

La noia es va mig incorporar.

Ell va fer una passa en direcció a la foguera.

Ella es va posar dempeus gairebé d'un salt, traient el ganivet de la tavella. La seva veu tornà a sonar enèrgica, però no pas dura.

—Si's plau, no et moguis...

Va sonar un tro més fort que els anteriors i tota la muntanya va semblar que s'estremia com una bèstia ferida. El noi va voler tornar cap a la paret i seure altre cop allà on era abans, però el cap li va començar a fer voltes mentre sentia com un gran pes li premia el pit.

Li faltava l'aire. Boquejà un parell de vegades, desesperadament, com un peix en l'agonia, mentre mil llumetes vermelles i negres ballaven davant els seus ulls.

Va caure a terra com un manyoc de carn inerta entre robes mullades.

CAPÍTOL DOTZÈ

SENSE CONÈIXER ELS NOMS

LENTAMENT, molt lentament, el noi va tornar a la consciència. Per sobre l'alegria de veure's viu planava un sentiment de triomf: havia tingut un segon atac i l'havia vençut, quan, de bell antuvi, tothom creia, i ell també, que moriria al primer que tingués.

Se sentia afeblit, molt més que el primer cop, però creia que es podria moure sense problemes en pocs minuts.

Vagament, recordà els fets de la nit: la tempesta, el mas, la noia... Què havia passat després de la caiguda?

A poc a poc, els seus sentits van tornar a portar-li informació de l'entorn: una llum suau es definí sobre les parpelles encara closes, mentre prenia consciència de la situació del seu cos, estirat damunt una superfície tova.

Obrí els ulls i es trobà a la mateixa sala de la masia on havia perdut el coneixement, vora les cendres de la foguera. La llum del sol entrava per una porta oberta i, de fons, es podia sentir el cant dels ocells i la caiguda de l'aigua en una pica o potser un abeurador.

Ell estava estirat damunt una màrfega feta amb un sac ple de palla i curosament tapat amb una manta, mentre que una altra manta, doblegada, li feia de coixí. Dins aquell llit improvisat va sentir el cos sec, la roba mudada i una sensació de frescor a la pell, com si algú li hagués fet fregues amb alcohol per fer-lo reaccionar.

Encara estava estranyat per aquella inesperada situació, quan, per la porta per on arribava la claror del sol, va entrar la noia bruna portant a la mà una galleda plena d'aigua. Ell va mirar-la.

Era veritablement bonica. Tot i que la seva edat era difícil d'endevinar, aparentava uns disset anys. El seu rostre, que ara era el primer cop que veia a plena llum, era —pensà— com el dibuix d'un artista en una miniatura: els ulls clars, l'arrodoniment flairós de les galtes, emmarcades pels cabells, d'un color negre intens, el nas menut, la corba finament dibuixada dels seus llavis grassonets...

Quan va veure que la mirava, la noia bruna semblà momentàniament torbada. Després, com si prengués una decisió, deixà la galleda a terra i anà a agenollar-se al costat del noi.

—Com et trobes? —preguntà.

Ell va somriure, feblement encara.

—Em trobo millor —respongué— i gràcies, suposo, al teu ajut.

Ella va tornar-li el somriure ample i franc. Semblava que ja no restava res de les pors de la tempesta, tot i que encara no es veia capaç de parlar amb el noi amb naturalitat.

—T'he ajudat, sí. Tenia tanta por! Quan et vaig agafar de terra, després d'haver caigut sobtadament, estaves com mort. Gairebé no se't sentia el pols i la teva respiració era tan feble que no hauria pogut entelar un mirall...

—Però tu em vas cuidar...

—Era el mínim que podia fer.

Va vacil·lar un moment. Encara hi havia coses difícils de dir.

—Perdona la meva actitud —afegí a la fi—. Tenia molta por, i en entrar tu tan de sobte...

—No t'amoïnis, que jo també tenia por. Hauria fet el mateix en el teu lloc. Però ara som amics, oi?

El somriure va tornar als llavis d'ella.

—És clar —va dir tot oferint-li la mà. Ell va agafar-la per portar-se-la als llavis—. Sempre saludes així?

—Només les noies que m'amenacen enmig d'una tempesta per cuidar-me després. Però ara ja no queda res, de tot allò.

Ella li va agafar la mà i va mirar-lo als ulls.

—Tenia por de deixar-te acostar —confessà—. Entén-me, feia tants dies que no veia ningú! No podia acceptar tan de sobte algú a la vora.

El noi va assentir, mentre començava a estirar els membres sota la manta. Es movia sense dificultats.

—És clar que ens hauríem pogut conèixer d'una manera més agradable —digué—. Bé, ara la tempesta ja ha passat...

—La tempesta va passar ahir —va interrompre ella—. Som a dissabte al matí.

—Vols dir que he estat inconscient prop de vint-i-quatre hores?

—Gairebé.

—I tot aquest temps m'has estat vetllant?

—Sí, tenia molta por, i no hauria pogut dormir. Volia vigilar-te, mirar de fer alguna cosa per tu. Vaig haver de canviar-te la roba: anaves xop. Suposo que això no ofendrà el teu pudor.

El noi va incorporar-se sense problemes i es va treure de sobre la manta. La noia es posà dempeus.

—És clar que no! —va dir ell—. No tinc pas manies.

Es posà dret. Cap problema. La noia s'acostà a ell altra volta.

—No anaves d'excursió, oi?

—No. Com ho saps?

—Tot sol i amb la possibilitat de tenir aquesta mena d'atacs? Fóra absurd. I, per cert: et passa sovint?

El noi es girà d'esquena. Penedit, però, tornà a mirar la noia bruna.

—Millor que no en parlem d'això —demanà.

—Com vulguis...

—I deus estar cansada. Per què no dorms una mica? Suposo que ja no tens por.

—És clar que no! Tu, mentrestant, si vols, tens allà a fora una bassa neta per a poder-t'hi banyar.

Mentre deia això, la noia bruna entrà a l'altra cambra de la vella masia i va sentir que endreçava el seu jaç.

—No m'has dit el teu nom —li preguntà, mentre ho feia.

Ell va dubtar un moment. ¿Podria faltar a la decisió presa a Barcelona? Va decidir que no.

—Sóc un noi —digué.

—Això ja ho sé! Però com et dius?

—El que vull dir és que sóc tan sols un noi. No tinc pas nom.

La noia, amb l'esguard encuriosit als ulls, entrà a la sala.

—No m'ho vols dir?

—He renunciat al meu nom. Només sóc un noi.

Ella va tornar a somriure.

—Saps que ets una mica misteriós? Però et respectaré la voluntat. Sigues, doncs, «un noi».

—I tu?

—Jo seré «una noia». Em faré solidària renunciant també al meu nom.

Van riure.

Quan la noia bruna es va despertar, el noi no era dins la casa.

Tingué por que se n'hagués anat i aquesta mateixa por li va fer estrany. S'adonava que, després de tants dies sense estar amb ningú, després de tant de temps de no poder considerar ningú com amic, necessitava la companyia d'aquella persona estranya i reservada; desitjava l'amistat d'aquell inconegut que tan sobtadament havia entrat en la seva vida.

Sí, s'adonà que volia compartir amb ell encara que només fossin uns quants dies: semblava una persona tan agradable, tan fàcil de paraula... Una conversa, com desitjava una conversa tranquil·la sobre qualsevol tema, retrobar la paraula i l'afecte d'algú!

Amb aquests pensaments, sortí corrent per la porta principal de la masia. Es va aturar a fora, calmada: vestit amb roba neta, el noi caminava tranquil per la clariana. Seria tan agradable passar uns quants dies amb ell...

—Noi! —el va cridar.

Ell va girar-se i s'hi va atansar.

—Hola, noia —saludà—. Has dormit bé? Jo m'he banyat a la bassa, i t'asseguro que em trobo de primera!

—Jo també estic bé, ara que et veig fora de perill. Per cert... —abaixà la mirada, indecisa. Calia dir-ho? ¿Ho sabria dir?

—Què?

—Et voldries quedar aquí un quant temps? Vull dir, si no vas enlloc...

—De debò ho voldries?

—Sí. M'agradaria molt. Porto massa dies sola.

—No em coneixes.

—Sembla bo el poc que conec de tu. Voldries quedar-te?

El noi va pensar en les conseqüències que podria tenir el que decidís. Es podia permetre el luxe de restar en un lloc fix, i acompanyat a més? Potser si ella no fos una noia moltes coses serien diferents...

Tanmateix, la decisió estava presa abans de començar a pensar-se-la.

I va dir que sí.

CAPÍTOL TRETZÈ

PARAULES EN LA NIT

EN EL CEL serè de la nit sense lluna brillaven milers d'estels. Ni un sol núvol enfosquia la magnificència d'aquell quadre infinit, distant, antic com el temps. Un oratjol bleixava entre les branques alteroses de les alzines fent estremir l'herba de la clariana com si una mà invisible acaronés la muntanya. No feia fred: la temperatura era agradable i convidava a estar-se a fora admirant els mantells de la nit.

El noi i la noia, fugitius sense nom aplegats per la tempesta, units per la natura, jeien estirats cara amunt enmig del prat, mirant els estels i parlant amb una respectuosa veu baixa.

—Mira'ls —deia ella—. Són inabastablement lluny, però són grans com milers de mons. T'adones que en som de petits davant la natura? I, tanmateix, ens creiem els éssers més importants, el centre de tot aquest univers. No és estrany?

—La vida, la nostra vida, és l'única cosa important. Què importa la nostra petitesa si som grans pel fet de ser i engrandim el nostre entorn?

La noia va sospirar.

—I la vida, tu creus que té sentit? —preguntà.

—És clar que en té! Si renunciem a la vida, què ens queda? La mort és absurda!

—Però si no hi hagués la mort, la vida també seria absurda. És la seva existència que ens fa la vida intensa. Vivim perquè no sabem si demà podrem viure.

—Pensar això és bonic quan la mort és llunyana. Però, quan arriba el moment, sempre volem viure més, esgarrapar una engruna de temps abans de la fosca.

—Però la vida és dura, és lluita...

—I és meravellosa.

La noia va girar el cap devers ell, que havia pronunciat aquests darrers mots gairebé amb un sospir.

—Parles de la mort com si la coneguessis de prop.

—I la conec, i l'odio, i no la comprenc.

—Has perdut potser un ésser estimat?

—En certa manera, tots.

La noia restà uns instants en silenci.

—D'on véns —preguntà a la fi—. Qui ets, noi?

—No vinc d'enlloc. Tan sols segueixo els viaranys de la fosca, les senderes que no menen enlloc, que no tenen cap altra sortida que el no-res.

—La mort?

—La mort.

—Parles d'una manera tan estranya, noi... No tens nom, no véns d'enlloc, parles de la vida com si fos un amor desesperat...

—També tu sembles misteriosa, noia. ¿De què t'amagues, en aquest lloc perdut?

—Del món.

—I què t'ha fet?

—Negar-me un somriure.

—El somriure és la vida. Puc saber la teva història?

—I jo, puc saber la teva?

—M'estimo més que no. Si la sabessis, jo m'hauria d'anar d'aquí, i això no ho vull.

—Jo tampoc. És bo tenir amb qui parlar.

Van restar una estona en silenci, mirant l'estelada. La noia bruna va tornar a parlar.

—Com si veiessis la mort de cara i conservessis l'esperança... Ets estrany, noi.

—Tu també.

—És el primer cop que no m'ho diuen d'una manera insultant. Quan vaig arribar aquí no creia en la vida, ni en el món, ni en la gent. Ara estic, me n'adono, en la represa.

Després d'una estona de silenci, la noia bruna es va aixecar.

—Vine un moment —demanà—. T'he de mostrar un petit secret.

I va ser així com el fugitiu va conèixer el magatzem secret de la masia i tot allò que s'hi guardava.

Més tard, mentre aclucava els ulls en el seu sac de dormir, estès a la sala principal, sobre la mateixa màrfega de palla que havia acollit el seu cos inert, va pensar amb una gran simpatia en la noia que dormia a la cambra del costat.

Havia trobat en el seu camí una cosa totalment impensada: havia trobat una amiga.

Gairebé van perdre el compte dels dies que van passar junts a la vella masia, conversant sota els estels, o a la claror de la foguera, caminant amunt i avall per les senderes de la muntanya. Tan sols hi va haver un petit ensurt: un nou atac de la malaltia del noi, que, tanmateix, no el va tenir inconscient sinó unes poques hores, moltes menys que els dos primers, la qual cosa li va fer pensar que potser l'equilibri estava tornant al seu organisme.

Tot i això, i malgrat la seva amistat, encara no s'havia decidit a explicar a la noia bruna les circumstàncies que l'havien dut cap a ella. Es trobava tan bé al seu costat! I tenia tanta por d'haver-la de deixar quan sabés que només era allà esperant una hipotètica però sempre propera mort...

I els dies passaven amb la melangia de la tardor i la pau immensa de la muntanya.

Una petita foguera llançava llambreigs d'ombres xineses contra els murs de la sala. A fora, en la nit, un plugim tardorenc feia esdevenir fang la terra de la clariana i feia plorar les branques de les alzines, voltades, abraçades, per filagarses de boira. Asseguts junts vora el foc, els dos amics conversaven.

—Mira'l, el foc —deia el noi—. És una mica com la vida: espetega a voltes, bleixa d'altres, uns cops és alegre i uns altres és pansit. Cada flama és com una vivència.

—I les cendres —afegí la noia bruna, deixant-se portar per la imatge— són la mort.

—No —va corregir-la ell—. Les cendres són la indolència, el desig de deixar-se portar, la rutina que ofega la flama. La mort n'és independent.

—Sempre parles d'una manera estranya de la mort...

El noi va fer un llarg silenci, mirant el foc. Després esguardà de fit a fit la seva amiga.

Va prendre una decisió.

I va explicar-li la seva història.

La noia bruna el va escoltar, embadalida, sense tractar d'interrompre'l ni una sola vegada. Tan sols quan va arribar al punt de la narració on decidia demanar la mort va acostar-se més a ell i va passar-li la mà per darrera les espatlles.

Van estar així, agafats, fins que ell va acabar amb la seva arribada a la casa enmig de la tempesta. Després van quedar en silenci, un silenci impressionant.

—Gràcies —digué ella a la fi—. Cal confiar molt en una persona per arribar a explicar-li una cosa així. Ara entenc moltes de les coses que m'has dit aquests dies.

—I entens per què, després d'explicar-te això, m'hauré d'anar d'aquí?

El va estrènyer contra ella.

—No vull que marxis, noi. Tinc confiança que viuràs i no vull saber-te lluny ara que conec la teva història.

—Vols que em quedi?

—Sí.

Una estona de silenci.

—Em quedaré. Em trobo bé al teu costat. I potser ets la meva darrera amiga.

Li va fer un petó a la galta i ella l'hi tornà sense saber gairebé el perquè. Mai no s'havien besat abans, però el moment, les circumstàncies, ho havien fet gairebé inevitable.

—Ets molt valent —va dir ella després d'un altre silenci.

—Tu ho creus? No és potser tan sols desesperació?

—No ho crec. Ho has fet tot per valor, per esperança. Els teus amics també van ser molt valents.

—En Xavier, la Maria, l'Albert..., gent admirable, sí: dos grans amics i una persona que em va ajudar sense conèixer-me. M'agradaria tornar-los a veure.

—Potser sí que els veuràs, noi. Mai no es perd l'esperança.

—Sí. I qui sap si, al capdavall, no em salvaré. I, si no, què importa? Fa tant de temps que em dono per mort...

—I tens por de la mort?

—És clar que sí.

—Creus en Déu, noi?

—No.

—Llavors, la mort...

—Per què ens hem de fer il·lusions? És el final de tot.

—I més enllà?

—Més enllà de la mort no hi ha res.

—Saps? Jo sí que crec —digué la noia, fitant la foguera—. Per mi la mort no és altra cosa que un pas, un trànsit a un món millor.

—I els dolents a cremar-se al foc etern...

—En absolut! ¿Creus que, en un món veritablement millor, pot haver-hi diferències?

Les flames vacil·laven, s'afeblien. El noi va prendre del seu costat una branca d'alzina i la hi tirà.

—No crec que sigui gaire positiu això de viure pensant en déus i altres mons, pensant en la mort com en una cosa agradable. ¿Com pots viure llavors intensament la vida?

—Tu confons religió i idolatria.

—Pot ser. Però, què me'n dius, de l'Església, que es fica en política i mai al costat dels més febles i necessitats? Compleix el que predica? Tan sols fomenta la divisió, l'odi. Quants tirans han estat beneïts?

—Jo he parlat de religió, no de poders —protestà la noia—. Hi ha sacerdots que han fet molt de bé a la seva gent... La religió, la veritable religió, queda molt per sobre de les disbauxes dels qui manen. Déu no hi té res a veure, amb els que es diuen representants seus...

O és que potser en el teu poble jutgen els pagesos pel comportament del seu bestiar?

El noi va riure per la curiosa metàfora i es va quedar després en silenci, l'esguard fix en la dansa estranya de les flames. Una llarga estona s'escolà abans que, a mitja veu, digués:

—Saps una cosa, noia? Ha de ser bonic creure.

I va afegir després en veu més baixa:

—I, tanmateix, la mort no té tornada.

CAPÍTOL CATORZÈ

GAIREBÉ INEVITABLE

I VAN CONTINUAR passant els dies: dies de pau, de somni, d'amistat compartida, de joia despreocupada. El noi no va patir més atacs de la seva malaltia i, secretament, cadascú per la seva banda, tots dos tenien cada cop més esperances que la mort no els separaria.

Un migdia, quan el sol de la tardor feia agradable passejar pels caminois de muntanya, la noia va explicar la seva història.

A mesura que ho anava fent l'anava trobant més insignificant, més banal al costat del drama personal del seu company que, tanmateix, l'escoltava amb atenció i comprenent-la plenament.

Havien estat tres fets els que havien arrossegat la noia bruna fins al seu premeditat aïllament a la vella masia. Coneixia el lloc i la cova de molt temps enrera, de la seva infantesa d'escolta, i havia concebut la idea d'acondiciar la casa començant a traslladar-hi eines i menjar quan va pensar que la fugida podia ser la solució per a la seva situació familiar.

En aquells darrers temps, filla única de família de classe mitjana, veia els seus pares cada cop més enfrontats i desunits. Cada nou dia a casa era una nova tempesta, una nova baralla, un nou enfrontament, sovint per les coses més insignificants. La noia bruna pensava, de vegades, que, en realitat, no eren tan lluny l'un de l'altre com semblava, i que potser caldria alguna cosa que els tornés a unir, una cosa com la desaparició per un quant temps de la seva filla. I va ser així que va començar a freqüentar la vella masia, que quedava a unes dues hores de marxa del seu poble, si es coneixia el camí, i hi portava cada cop coses que podrien ser necessàries si, al capdavall, decidia de «desaparèixer».

Però això va ser només l'inici, el primer motiu. Després va arribar el final del curs, amb el seu fracàs total, malgrat que havia intentat d'estudiar entre el difícil ambient de casa seva. Aquest cop la va deprimir fondament, l'havia arrossegada fins a un punt d'on dubtava que pogués sortir.

Llavors, en una llarga conversa, va explicar al seu noi totes les seves angoixes, totes les seves preocupacions... i, a poc a poc, es va adonar que la seva relació amb ell no era res més que una cosa lúdica, que no tenia un fons de sinceritat prou intens.

En aquest punt la va vèncer la desesperació i va decidir de fugir. Ja no cercava en el seu aïllament la solució de cap problema perquè, senzillament, ja no hi havia res que li importés.

El noi va escoltar-la en silenci, tot caminant. No va fer cap comentari, tan sols aquella mirada de comprensió que podia ser més eloqüent que un doll de paraules boniques.

I la noia bruna li ho va agrair moltíssim, sense saber gaire per què. Potser, pensà, perquè a la fi havia trobat l'amistat veritable.

(...) Certament, poques noies he conegut com ella: decidida i tímida, arrauxada i temorenca, forta i tendra... i, per què no dir-ho, bonica. He trobat en ella una amiga, una amiga que em tracta com si la meva malaltia i les circumstàncies que l'envolten no tinguessin cap importància: una naturalitat que ni tan sols en Xavier va aconseguir.

M'agrada parlar amb ella: és assenyada, té fortes opinions, una gran profunditat i paraules ben dites (i una veu ben maca per a dir-les).

Potser, i això em fa por, la meva relació amb ella està amenaçant d'ultrapassar el terreny de l'amistat; no hem d'oblidar que, pràcticament, sóc mort i qualsevol altra relació amb ella fóra absurda.

Tanmateix, a vegades és un xic difícil mirar-la només com una amiga. Sé que això només són desficis d'una ment assedegada i d'un cor solitari, però més d'una vegada he pensat, inevitablement, què podria passar si jo em salvés.

Dues petites anècdotes han contribuït aquests dies a alimentar aquests desficis.

La primera va tenir lloc al llarg d'un passeig per la muntanya, l'altre dia. Havíem pujat fins al cim per caminois gairebé colgats per l'herba, costeruts, plens de rocs i còdols arrossegats fins allà per algun aiguat. L'aire feia olor de pins negres, forts, de grans alçades. Caminàvem amb calma, ella al davant, quan una pedra va rodolar sota els seus peus i la va fer caure.

Es va fer mal al turmell dret i em va dir que segurament l'hauria d'ajudar a baixar. I, llavors, jo, d'una revolada, i sense saber gaire per què, la vaig agafar a pes de braços i vaig començar el descens.

Aquest gest que, amb qualsevol altra persona hauria estat del tot intranscendent, em va produir un nombre increïble de sensacions estranyes: sentir els seus cabells entre els meus dits, el seu cap recolzat en el meu pit… el cor va arrencar a bategar tan fort que, durant un moment, vaig témer un nou atac. Però no: només era emoció, una emoció d'una mena que mai no havia conegut abans.

La segona anècdota va ser, potser, la que va resultar més torbadora, perquè em va mostrar un cert interès per part d'ella, la qual cosa va augmentar la meva por a un enamorament que podria ser tan destructiu per a tots dos.

M'havia despertat molt més aviat de l'habitual, quan el sol només treia tímidament el nas per damunt de la carena. En el silenci de la sala principal de la vella masia, vaig sentir la seva respiració compassada a la cambra del costat. Encara dormia.

Em vaig llevar del meu jaç i, procurant no fer soroll, vaig sortir per la cuina amb la intenció de banyar-me a la bassa. L'aigua era freda, tonificant, clara, i el meu cos ho va agrair, delint-se en la tranquil·litat del matí.

Quan em vaig posar dret a fi de sortir de la bassa, la meva mirada va descobrir la mirada de la noia. Estava estintolada en l'envà enrunat de vora la porta de la cuina, mirant-me. Vaig restar immòbil, sense saber què dir ni saber moure'm ni un mil·límetre. A la fi, ella va desaparèixer per anar a dins de la casa i jo vaig sortir per vestir-me. Mai cap noia no m'havia vist nu però, més que això, el que em va torbar va ser la insistència i alhora la manca de malícia amb què em mirava.

(...) És certament curiós haver estat dos cops vetllant el llit de mort d'un amic i, nogensmenys, veure'l unes hores després ben viu i alegre. És certament curiós, però ho he acceptat perfectament i el seu estat no em preocupa ni m'afecta a l'hora de tractar-lo com el que és: un amic que aprecio moltíssim... i qui sap si fins i tot un xic més enllà de l'amistat!

Tanta por que vaig tenir quan va irrompre a la masia enmig d'aquella tempesta, ja fa dues setmanes, i tant que el vull ara al meu costat! ¿Quan de temps feia que no tenia a la vora ningú com ell? Potser mai no l'havia tingut! Un noi amb qui pots seure per a parlar de mil coses o, senzillament, per a no dir res, mirant el foc o els estels, tot fruint de la seva companyia, un noi amb qui una no s'ha de preocupar si la mira de mal ull o porta intencions dobles. Un noi, en resum, d'una mena molt infreqüent.

És agradable estar al seu costat: té la paraula fàcil i bonica, és simpàtic i està amarat d'una força, una decisió i una tendresa que encara el fan més agradable. És clar que, alguna vegada, m'he comportat amb ell d'una manera estranya. Vet aquí dos exemples clars:

El primer va succeir en una passejada que vam fer muntanya amunt, per senderes amb fortes pujades, solcs secs de torrentera amb el fons cobert de còdols que, en un moment de l'ascensió, em van fer caure.

Em vaig fer mal en un turmell i potser va ser la seva presència tranquil·litzadora el que no em va deixar prorrompre en un reguitzell de malediccions.

Altrament, li vaig dir que m'havia fet mal i li vaig demanar que m'ajudés a tornar a casa.

I llavors, ell, en comptes d'ajudar-me a posar-me dreta i recolzar-me en el seu cos, em va aixecar a pes de braços i, d'aquesta manera, aturant-se de tant en tant per descansar una mica, em va baixar.

Amb un altre potser hauria protestat, però amb ell em vaig deixar dur amb veritable delit, com volent sentir la força del seus braços (fet i fet, petiteta com sóc, no va ser per a ell cap heroïcitat atlètica). Fins i tot, comportant-me com una tòtila integral, vaig recolzar malenconiosament el cap en el seu pit. Ell no va dir res, però no vull saber què devia pensar de mi!

El més estrany, però, va succeir dos dies després i, en aquest cas, no he entès encara la meva actitud.

Va ser al matí, a primera hora. Em vaig aixecar del llit sense sentir cap soroll a la sala principal i vaig pensar, és clar, que el noi encara dormia. Em vaig disposar així a anar a la cuina sense fer soroll per començar a fer l'esmorzar. La meva sorpresa va ser trobar el jaç buit.

Vaig pensar llavors que segurament ell havia tingut la mateixa idea que jo i era a la cuina o havia anat a buscar aigua a la font, i me n'hi vaig anar.

De la porta estant vaig sentir un clapoteig d'aigua a la bassa. Encara no sé per què vaig sortir.

El vaig trobar tot just sortint del bany, amb l'aigua fresca, que li regalimava pel cos, nu sota el sol del matí. Em vaig quedar clavada al llindar, amb la mirada fixa en ell i sense saber què dir. Era tot tan estrany! En aquell entorn familiar, la visió del seu cos era una cosa arrabassadorament tendra, com un quadre perfecte en un entorn escaient.

De sobte, ell va notar la meva presència i fins llavors no vaig trobar forces per tornar a la cuina. L'escena potser havia durat uns segons, però havia tingut la intensitat d'hores...

No ho vaig arreglar gaire, certament, quan ell va entrar, ja eixut i vestit; no vaig saber sinó tornar-me vermella i dir algunes frases estúpides de disculpa. Ell va somriure, em va fer un petó a la galta i em va dir que no em preocupés.

Tanmateix, em preocupo; abans, potser m'agradava ell com a persona, com a company, com a amic; ara, a més, he pogut descobrir, en un instant de torbadora intensitat, que també m'agrada el seu cos...

Com un gat immens endormiscat als genolls de la natura, la muntanya es deixava acaronar per l'aire tranquil de la nit, mentre la volta solemne del cel espurnejava amb milers d'estels. L'herba era fresca, humida pel plugim caigut al llarg del dia, i era agradable estar-s'hi estirat, mirant l'eternal espectacle del cel a nit batent, amb un posat d'adoració atàvica.

Els dos amics conversaven, com tantes altres nits, sobre els misteris del viure.

—I allò que en diuen amor? —preguntà la noia bruna—. Hi creus?

—És clar. I tu no?

—A vegades no gaire. He sortit amb un grapat de nois i no l'he trobat pas. ¿No creus que potser és mentida, que no és sinó una forma socialment assuavida del sexe?

—No, en absolut. Existeix.

—I com l'entens, tu?

Els dos amics conversaren, com tantes altres nits, sobre els misteris del viure.

El noi va prendre alè i es va deixar anar fent una llarga explicació, no del tot coherent, però que el va buidar de totes les angoixes que portava dins. Parlà d'amor i de sexe, i del sexe dins l'amor, de l'amor com a sacrifici, lliurament total de l'un a l'altre, tot compartint el viure, l'anhel. Parlà de la falsedat de molts sentimentalismes, i del sexe social, com deia ell, i de moltes, moltes més coses.

—Però l'amor, l'amor de veritat, l'has trobat mai? —preguntà la noia bruna.

—No he tingut gaire temps de vida per trobar-lo. No, mai no he estimat de debò, però això no impedeix que cregui en l'amor.

—Saps? En realitat, jo tampoc no l'he trobat mai... i potser també hi crec dins meu.

—L'amor veritable sempre es pot trobar, si un vol. Algun dia estimaràs de debò, ja ho veuràs.

—I tu?

—Ja és massa tard.

En un moviment gairebé impensat, la noia bruna s'hi va acostar.

—Per què és massa tard?

—Perquè em vaig morint a poc a poc.

—Però sempre queda temps...

—Pot ser.

Van estar una llarga estona en silenci, l'un vora l'altre, mirant els estels de la nit. Com si fos d'una manera casual, les seves mans es van trobar i van restar agafades. Els seus cors bategaven amb força i els seus sentiments tractaven de lluitar inútilment contra aquell corrent que amenaçava d'arrossegar-los, contra aquell camí que sabien impracticable. ¿Com podien unir-se en un sentiment que és de vida quan la vida estava acabant?

El noi va parlar i les seves paraules van ser com un resum dels pensaments de tots dos.

—És absurd. Potser demà jo seré mort.

Ella sospirà i les seves paraules van ser també un resum del que pensaven tots dos:

—I, tanmateix, t'estimo.

—No. No m'has d'estimar, no em pots estimar: pensa en la meva situació, en el meu estat!

—Ho accepto. I tu també ho acceptes, crec.

—No ho podem acceptar. He renunciat fins i tot al meu nom perquè sóc pràcticament mort! Puc trobar amistat al teu costat, he trobat en tu amistat, en aquest darrer camí, però no hi puc trobar amor!

Ella es va moure per recolzar el seu cap en el pit del noi.

—No ens enganyem, noi —digué—. No podem lluitar contra l'inevitable.

—Hauríem de poder...

—Veus com n'és d'estrany, el món? Tu has lluitat contra la por i has vençut, has lluitat contra la mort i has vençut... Ara tractes de lluitar contra l'amor i no pots.

—L'amor és molt més fort —va respondre ell—. Molt més fort que la por i que la mort, i que totes dues alhora.

—Noi, t'estimo.

Ell va acaronar els cabells bruns i arrissats de la noia.

—Noia, t'estimo.

I els seus llavis es van trobar en una besada llarguíssima.

Quan es van separar, ell va riure.

—Ha estat el primer cop que faig un petó als llavis —es disculpà—. Suposo que ho he fet molt malament.

Ella va acaronar el seu rostre.

—No m'he fixat gaire en com ho feies —digué—. Tan sols he sentit un petó amb un gust que mai no havia trobat als llavis de cap altre noi. No és gust de passió, ni tan sols és gust d'amor.

—I doncs, què és?

—Gust de vida. Tu ets la vida i jo el desig de viure, i per això ens estimem, perquè tots dos junts som més forts que la mort, i també som més forts que l'amor!

CAPÍTOL QUINZÈ

INICI DE SETGE

L'AMISTAT entre els dos fugitius havia pres així un caire totalment nou, havia ultrapassat els límits anteriors per esdevenir no amor sinó més aviat una unió de la vida i el desig de viure. Tots dos eren un, units en la por, units en l'angoixa. Exteriorment, poques coses semblava que haguessin canviat, però per dins tot era radicalment diferent.

Nogensmenys, la felicitat de l'amor no va ajornar problemes urgents que feia dies que els inquietaven: el més important era el consum de queviures i equipaments en el magatzem de la cova, que, previst per a una sola persona, amb prou feines en podia sostenir dues.

Es va palesar d'aquesta manera la necessitat d'anar un dia a comprar al poble més proper, que distava d'allà uns tres quilòmetres.

L'excursió va ser curosament planificada: no calia oblidar que tots dos eren buscats des de feia gairebé un mes i que les possibilitats de tenir problemes o ésser reconeguts, encara que petites, no podien en absolut ser ignorades.

Decidiren d'anar'hi tots dos i repartir-se les compres i decidiren també entrar en el poble separats, i retrobar-se en un indret fixat del camí de tornada. Els diners no eren cap problema: malgrat que la noia anava un xic curta, el noi conservava intacta la seva reserva, preparada per en Xavier Albà després de comprar-li l'equipament.

Van quedar que ell s'encarregaria dels queviures, mentre que ella aniria a comprar agulles, fil, llumins, detergent, sal i farina, i passaria per la farmàcia.

Després d'haver decidit tot això, es van posar en camí el matí d'un dissabte, dia de mercat en aquell poble, i això feia que tinguessin tots els avantatges per comprar i passar desapercebuts a causa del gran nombre de gent forastera que hi acudia. Després d'una hora de camí per viaranys muntanyencs es van trobar a les envistes del poble, una vila petita, de cases baixes i ferrenyes, situada al fons d'una vall, entre dues muntanyes de no gaire altura. Allà, al mateix camí, es van separar i van quedar que es trobarien, al cap de dues hores, en el mateix lloc.

El noi va començar el descens pel camí que menava als primers carrerons, i la noia es va esperar per baixar-hi una estona més tard.

Mentre baixava, el noi anava pensant en el petit tresor que duia a la motxilla: una carta adreçada a en Xavier Albà i una altra per a la Maria Rius. A les cartes, a més d'agrair tot el que havien fet per ell, indicava la posició exacta del seu amagatall, deduïda sobre els mapes que la noia li havia ensenyat, i els animava a fer-los una visita un dia qualsevol. En realitat, allò que pretenia, donant la seva localització, era que, si es moria, la noia bruna no quedés sola i espantada, sinó que tingués, si més no, la possibilitat de rebre ajut i consol de dos amics de debò.

Va ser un canvi agradable trobar-se voltat de tanta gent després de tants dies de quietud a la masia. La plaça de la vila era plena de parades i de gent que anaven i venien xerrant, mirant, comprant, enmig de l'eixordador batibull que sempre envolta les fires. Des d'enciams fins a bestiar, passant per vetes i fils, es podia trobar de tot al mercat. Caminant amb el posat distret, la motxilla a l'esquena, el noi no va poder evitar pensar què passaria si tenia un atac enmig de tanta gent... Però era absurd; feia tants dies que no en patia cap...!

Comprà tota mena de queviures de bon conservar: formatges, embotits, llaunes, llegums... i fins i tot es va permetre el luxe d'adquirir una ampolla de xampany per celebrar el seu amor.

Aviat la seva motxilla va ser ben plena i es va disposar a tornar al lloc de la cita, camí enllà, on el pes de les dues motxilles seria degudament repartit. Segurament, la noia bruna havia acabat també les seves compres. Amb una certa recança, perquè havia d'abandonar el moviment i l'animació de la plaça, el noi va encaminar els seus passos, pels carrerons laterals, cap a la sortida del poble.

Ja gairebé havia arribat al camí quan va sentir una veu darrera seu.

—Perdoni, jove...

Es va girar, sobtat, i es va trobar, només a uns quants metres d'ell, amb una parella de guàrdies de la patrulla rural que li van fer signe d'apropar-se. Al primer cop d'ull va advertir que portaven una petita fotografia a les mans.

Va sentir una suor freda que regalimava per tot el cos... Els genolls li tremolaven. Calia fer alguna cosa i de pressa. Els dos guàrdies se li van apropar.

—Ens podria mostrar la seva documentació?

De cop, va arrencar a córrer per un carreró lateral,

deixant els seus presumptes captors sorpresos per uns instants, la qual cosa el va ajudar a allunyar-se'n un bon tros. Amb tot, de seguida va sentir que l'empaitaven.

Mentre accelerava la cursa, va pensar desesperadament què faria: amb la motxilla a l'esquena no podia córrer bé i l'agafarien de seguida. En la seva cursa desesperada, mentre anava perdent terreny, va recordar també el procediment acordat per al cas que hi hagués problemes: separar-se i retrobar-se a la vella masia.

Mentre dues iaies fugien, a causa del tumult provocat per la seva escapada, i la persecució dels guàrdies a través d'un carrer estret i costerut, va pensar en els dies de goig que havia passat vora la noia bruna, en els pocs dies des que s'havien declarat el seu amor, i això li va donar forces per córrer encara més.

Al darrera, massa a prop, sentia ja els esbufecs dels guàrdies, que cridaven de tant en tant l'alto tot alarmant els pacífics vianants de la vila. I, quan ja es veia perdut, va veure la seva salvació en una petita bicicleta deixada sobre la voravia pel seu petit propietari, alhora que recordava que la carretera que menava al poble feia baixada.

Sense pensar-s'ho gaire, va agafar la màquina i, entre els crits del seu legítim propietari i dels dos agents de l'ordre, es va llançar carrer avall.

La noia bruna ja havia acabat les compres quan va sentir l'aldarull i va veure una figura coneguda que passava a tota velocitat per un dels carrers propers a la farmàcia, on havia comprat un seguit de coses.

Sabia de sobra què volia dir allò: calia que tornés ella tota sola a la masia i que esperés que el seu company pogués trobar-se amb ella.

Reprimint una maledicció contra tot allò que s'oposava a la seva felicitat, va dirigir el seus passos cap als carrers que sortien de la vila.

El noi va deixar abandonada la petita bicicleta a un costat de la carretera, en un lloc ja fora de la vista del poble, justament quan, un tros lluny, se sentia el soroll d'una motocicleta que s'apropava. Sense pensar-s'ho ni un moment, es va endinsar en el bosc que creixia vora la ruta, conscient que ja era molt difícil que el trobessin.

Tot i així, encara que de moment es va salvar, s'havia produït un fet important:

Li seguien el rastre.

La Maria Rius arribà al vespre al seu piset de Gràcia amb la cara plena de preocupació.

—Què et passa? —va preguntar-li el seu company.

—L'han localitzat, Albert: és en un poblet de muntanya. Ha aconseguit fugir, però escorcollaran tota la zona. M'ho ha dit el doctor Andreu aquest migdia.

—Caldrà parlar amb en Xavier. Ho ha de saber.

—Sí; pensava telefonar-li ara.

I, mentre anava a agafar el telèfon, cercant en la seva agenda el número d'en Xavier Albà, l'Albert la sentí remugar.

—Si almenys sabéssim on és exactament; si poguéssim arribar-hi nosaltres abans...

L'angoixa dibuixava perles de suor en el front de la noia bruna mentre treballava, a la màxima velocitat possible, per camuflar tot indici de la seva presència a la vella masia. El fogonet de gas de la cuina, els dos llits damunt màrfegues de palla, el llum portàtil del seu dormitori, tot va anar passant a un nou emplaçament dins la cova magatzem, que, d'aquell dia enllà, seria el seu únic refugi.

Mentre ho disposava tot, va tenir cura de comprovar que la ventilació de la cova, que es realitzava a través de tres petits bufadors oberts a l'exterior, era suficient per evitar que l'aire es viciés a causa de la presència continuada de dues persones. Havia fet aquesta comprovació quan va sentir, provinent de la vella masia, una veu mig ofegada per la terra que els separava.

—Noia!

Era ell! La noia bruna sortí tan ràpidament com va poder pel petit túnel d'entrada a la sala principal de la casa.

I allà hi havia el noi, el seu noi, amb la motxilla a l'esquena, lliure.

Es va llançar als seus braços i el va besar. Ell també la va estrènyer amb força contra el seu cos.

—Ho has aconseguit.

—I tant! Creies que et deixaria soleta? —va riure ell.

—Tenia por..., però ara tornem a estar junts.

—Però caldrà tenir molta cura. Escorcollaran la zona i no crec que es descuidin de visitar una masia tan gran.

—Ja he pres mesures —anuncià ella—. Tot el material és a la cova. Des d'avui, també dormirem allà.

—Hi ha prou ventilació?

—Sí. Ho he comprovat. Fins i tot podrem tancar amb pedres el túnel d'entrada mentre som a dins.

El va agafar per la mà i el dugué per l'estreta cavitat fins al magatzem secret. Allà va poder veure tot el material desat a un costat, amb els llits a l'altre extrem.

—Per cert —va preguntar la noia—, vas poder enviar les cartes?

—Sí, i vaig tenir la pensada d'enviar-les com a urgents. Potser, si ens troben, ens caldrà una petita ajuda.

A fora, la nit queia lentament sobre els camps i les muntanyes i la gran operació de cacera es preparava.

L'interior de la cova-magatzem-dormitori, a la nit, era negre com el sutge i hi havia una atmosfera estranya. Cada soroll era repetit per mil ecos en la volta del sostre de roca i l'aire era d'una agradable calidesa.

Del seu jaç estant, encara sense dormir, el noi pensava en els esdeveniments dels dies anteriors. Des que, tres dies abans, s'havia escapat miraculosament del poble, cap patrulla d'escorcoll no s'havia apropat a la muntanya; això no obstant, no podien estar gaire refiats, perquè, amb uns binocles de l'equip de la noia, de dalt del cim estant havien vist nombrosos cotxes i altres vehicles que anaven amunt i avall pels camins d'aquella contrada, generalment intransitats. Evidentment, el terreny era batut amb una minuciositat implacable, i no podia ser gaire lluny el dia que la masia ja no seria un lloc segur.

Durant el dia procuraven no fer res que pogués cridar l'atenció: res de soroll, ni de fer foc, ni d'encendre el forn, res d'aventurar-se gaire lluny en les seves excursions.

Un soroll que va sentir al seu costat el va treure de les seves meditacions. En la fosca va notar que la noia seia a un costat de la seva màrfega.

—Noi, que dorms?

—Estic despert —respongué ell—. Et passa res?

La noia es va estirar al seu costat i li va parlar a cau d'orella.

—T'estimo.

—Jo també t'estimo, noia, ja ho saps.

La noia va callar un moment com si cerqués paraules.

—Noi, ¿saps que ja fa molts dies que sabem del nostre amor?

—Sis dies ja, ja ho sé.

—El que vull dir és que... que la teva salut és bona, que fa tres setmanes o més que no tens cap atac.

—És cert. Tu també tens esperances?

El va besar.

—És clar que en tinc i encara et diré més: estic ben certa que et salvaràs. O, més ben dit, que ja estàs salvat. Però no és això el que et vull dir.

—I què és, doncs?

La noia bruna es va remoure, inquieta. No trobava les paraules, estava nerviosa. El noi se n'adonà clarament i va mirar de tranquil·litzar-la.

—Què em vols dir? —preguntà, tot besant-li la galta.

—Noi, m'estimes?

—És clar!

—Saps? Quan vam saber del nostre amor vam dir que, més que amor, era la unió de la vida i el desig de viure.

—Tu ets la vida i jo el desig de viure, sí.

—El que jo et volia dir és que la teva vida s'enfortirà si hi afegeixes el desig de viure... o a l'inrevés, m'entens? —la noia, com més parlava, més nerviosa estava.

—El desig de viure ja és afegit en el teu amor...

—No, no és això.

—Què vols dir, doncs?

La noia es va tornar a remoure.

—Ho estic dient molt malament, oi? —va dir a la fi—. M'embolico d'una manera ben absurda. Millor que sigui directa, oi?— una estona de silenci—. Noi, ¿vols el meu cos?

Sobtat per la proposta que no s'esperava, el noi va quedar una bona estona sense saber què dir. Finalment, es va aventurar a dir:

—Vols dir que...

—Sí.

—No pot ser.

—Per què?

—Per tu. Potser demà jo seré mort.

—I si demà no ets al meu costat, ¿no tinc dret a un bon record?

—Però una cosa és un record...

—No m'estimes? —l'interrompé ella—. ¿No em desitges?

—És clar que t'estimo; i et desitjo també.

—I doncs? Jo també t'estimo i et desitjo. He estat jo qui ho ha demanat, però també hauria pogut ser que haguessis estat tu. Vull donar-te el meu cos, vull que em donis el teu cos.

—Noia, jo mai...

—Ni jo tampoc, què et penses!

La va abraçar.

—Ho dissimulo molt malament, oi? —digué mentre la besava—. Però no sé...

—No hi ha ni tan sols riscos —tornà a tallar ella—. Entre les píndoles que vaig comprar l'altre dia no solament hi havia aspirines!

Ell va fer una rialleta.

—I després diuen que són els nois els malintencionats!

—Penses que és mala intenció?

—Penso que t'estimo, però que és estrany.

—Estrany?

—Jo mai no hauria gosat demanar-t'ho...

—I què em dius ara?

Van passar una llarga estona en silenci, enmig de la fosca profunda de la cova. Després, ell estirà una mà per acaronar la seva galta, tan suau...

—Vine, noia —demanà.

—Primer vull saber el teu nom —digué ella.

El noi s'acostà encara més per dir-li un nom a cau d'orella.

I ella va respondre amb un altre nom.

—T'estimo —digué ell, afegint-hi el nom d'ella.

—T'estimo —digué ella, afegint-hi el nom d'ell.

I van ser un.

CAPÍTOL SETZÈ

LA DARRERA RECERCA

UN FEBLÍSSIM raig de llum que entrava per una escletxa va despertar el noi. En el seu primer moviment, endormiscat encara, sentí al costat la tèbia presència del cos de la noia i recordà l'estranya vivència de la nit.

Mandrós, recolzà el cap a la seva esquena i li féu un petó a l'espatlla. A la seva orella arribava el batec compassat del cor d'ella. Inspirà. La noia adormida feia olor de terra, i de cova vella, i de flors, i de suor, i de dona. Recordà el plaer de la nit i s'estremí.

L'acaronà i ella es va moure. Es girà cap a ell.

—Bon dia, noi —el va saludar, anomenant-lo ja pel seu nom.

—Bon dia.

El noi va apartar amb dits amorosos els rínxols que queien sobre el front de la seva amiga.

—Com te trobes?

Ella va somriure en la penombra.

—En el setè cel —va respondre—. I tu?

—Al teu costat... Et va agradar, doncs?

—És clar que sí. Però tu, t'ho imaginaves així?

—No. Fet i fet, no tenia gaire idea de com podria ser.

—Ni jo. Ha estat estrany...

—Sí, aquesta és la paraula: estrany i meravellós, perquè ens estimem.

El telèfon va sonar a casa de l'Albert i la Maria. La jove infermera el va agafar.

—Digui'm?

—Maria? Sóc en Xavier. Acabo de rebre carta!

—Jo també, noi, i t'anava a trucar... T'adones que ha sobreviscut un mes? Potser al capdavall se salvarà!

—Potser sí. No hem de perdre l'esperança... Si fins i tot ha trobat una noia!

—Una noia que, segons diu la carta, sembla que també està en una situació difícil.

—Què saps de la recerca?

—Les notícies no són gaire bones: escorcollen tota la zona amb tanta minuciositat, que no crec que es descuidin d'una cota tan gran com és una masia. ¿Tu també tens el mapa amb la seva localització?

—També. Has pensat potser el mateix que jo?

—Si vols anar a treure'ls d'allí, sí. Tens cotxe?

—No. I vosaltres?

—Podem agafar el dels meus pares. L'Albert té carnet. Quin dia tens lliure?

Tres dies després del jorn estrany en què l'alba els va despertar tan junts, la parella de fugitius observaven amb preocupació creixent les evolucions de les patrulles de recerca a baix, lluny, a la vall.

—Estem assetjats —digué el noi— deixant els binocles a un costat.

La noia bruna els agafà i mirà al seu voltant l'extensió de les valls i les muntanyes. La torre de guaita privilegiada del cim de la paret de roca que s'alçava per damunt de la masia, i a la qual s'arribava per un estret caminoi que feia una gran volta, li va permetre d'observar l'avanç implacable de les patrulles que escorcollaven la zona.

—Aviat arribaran aquí —digué.

—Potser trigaran un parell de dies. En tot cas, cal que estiguem ben alerta...

Un enorme enrenou provinent del cel va interrompre les paraules del noi. Instintivament, sense bescanviar cap paraula, tots dos van abandonar corrent l'exposat cim rocós per cercar refugi entre els pins que creixien una mica més avall.

La noia bruna es llançà de bocaterrosa a les herbes altes del sotabosc i va veure com el seu company, una mica més lluny, feia el mateix. El brogit d'un motor fuetejant l'aire del matí va arribar a la seva màxima intensitat, mentre vents estranys sacsejaven les branques més altes del arbres.

—Malparits!... —maleí entre dents la noia bruna mentre l'helicòpter s'allunyava—. És que no es pot ni fugir per morir tranquil?

I una altra idea va acudir al seu cervell: la presència enorme de la vella masia al peu del mur de roca, que podia passar per alt a un escorcoll per terra, no escaparia a un reconeixement aeri. Segurament que ja l'havien vista i l'endemà potser pujarien les patrulles.

Només tenien un avantatge: el passadís i la cova, que podien, si la seva entrada s'amagava bé, escapar a qualsevol escorcoll.

El soroll de les aspes ja tan sols era un zumzeig llunyà i va decidir d'aixecar-se.

—Noi! —cridà.

Cap resposta. Ni un moviment dins el bosc.

Un enorme enrenou provinent del cel va interrompre les paraules del noi.

Angoixada, va anar cap al lloc on havia vist que s'amagava.

Va emprendre així una febril recerca entre arbres i matolls, tot cridant el seu nom amb una veu que tremolava.

A la fi el va trobar, al peu del tronc d'un avet gegantí, amb el rostre serè, el ulls closos, la pell pàl·lida, totalment inconscient.

En la penombra de la cova, la noia bruna va veure com el seu company obria lentament els ulls. El va cridar suaument.

—Noi...

Un lleuger somriure es va dibuixar en els llavis d'ell.

—Hola, noia. Som en el magatzem?

—Sí.

—Quant de temps fa?

—Un dia. Som dijous al migdia. Com te trobes?

—Molt feble. El cap se me'n va una mica. ¿I l'escorcoll?

—A trenc d'alba he pujat al cim. Encara no vénen.

—I l'helicòpter?

—No ha tornat.

—Tanmateix, cal prendre precaucions. Surt a fora i elimina tot allò que pugui donar indicis que la casa és habitada. Després, tanca bé la porta de fora.

Ella es va aixecar per tal d'anar a fer el que ell havia indicat, però el noi la va agafar pel braç.

—Fes-me un petó abans d'anar-te'n —demanà.

Ella va besar llargament els seus llavis ressecs i es va introduir, tot seguit, de quatre grapes al passadís que duia a la casa.

Va apartar la runa que tapava la sortida i es va trobar a la sala principal de la vella masia. La porta gran era tancada i barrada i el mur enderrocat del lateral de la cuina havia estat reconstruït i dissimulat amb fustes i runa per ella mateixa durant la nit.

Anava cap a la sortida quan, de sobte, es va quedar immòbil, com si estigués clavada a terra, i va sentir una tremolor per tot el cos.

A fora se sentien veus!

Mentre restava quieta, sense saber què fer, una mà enèrgica va trucar a la porta, i una veu, curiosament baixa, els interpel·lava:

—Ei, els de la casa!

No va respondre, és clar. Més cops a la porta i ara se sentí una noia que també parlava en veu baixa:

—Ei, sabem que sou a dins. Obriu!

La por tenia la noia bruna clavada a terra, sense gosar ni gairebé respirar. Més cops, i una altra vegada la veu masculina.

—No feu bromes, si us plau. No em coneixes la veu?

Una llum va brillar per un moment en la fosca de la por de la noia bruna. Sempre baixa, la veu tornà a parlar.

—Obriu! Sóc en Xavier, que no em coneixes? I hi ha també la Maria i l'Albert!

Un nus d'emoció es féu a la gola de la noia en sentir allò. Va voler parlar, però ni un mot no sortí dels seus llavis.

Més cops a la porta.

I, finalment, va aconseguir dir:

—Ara obro...

Les veus de fora no semblava que l'haguessin sentida. Ben altrament, la veu femenina va dir:

—Potser ens hem equivocat de lloc.

Una tercera veu va proposar llavors d'anar a la recerca d'una altra masia.

Amb un moviment desesperat, la noia bruna es va precipitar sobre la porta, va treure la barra i la va esbatanar.

Es va trobar així de cara amb una noia rossa, d'ulls clars, d'aspecte ferm i optimista, acompanyada de dos nois: l'un alt, de mitjana alçada, de cabells foscos i pell bruna, colrada pel sol; l'altre també de mitjana alçada, bru, amb un tall de cabells que recordava els del seu noi quan el va conèixer i amb una mirada de tensió en els seus ulls foscos.

Van quedar tots quatre allà, palplantats a banda i banda de la porta, sense saber què dir-se.

Va ser la Maria la primera de parlar.

—Tu deus ser la noia, oi?

—Sí —digué la noia bruna—. I vosaltres, els amics d'ell.

La Maria, en Xavier i l'Albert es van presentar i immediatament van demanar pel seu amic.

—És dins. Ahir va tenir un atac i ara està molt feble. Veniu.

Tancant la porta i barrant-la bé, els va indicar l'entrada al passadís secret. Tanmateix, es va estimar més entrar-hi ella primer a fi de preparar el noi per a la visita.

En la penombra de la cova magatzem, el noi no s'havia mogut del seu jaç. La noia bruna va encendre un parell de fanals elèctrics abans d'anar al seu costat.

Tenia mal aspecte. Els seus moviments eren lents, gairebé maquinals; la seva veu era feixuga, tremolosa; la seva pell, pàl·lida, sense vida.

—Noi...

—Què vols, amor?

—Tenim visites. Bones visites.

El noi va intentar d'incorporar-se, però no ho va aconseguir.

—Qui?

—En Xavier, la Maria i l'Albert. Són aquí fora.

L'expressió de felicitat del seu rostre va fer estalviar totes les paraules. La noia bruna va anar a buscar els seus amics.

I així va ser com, altra vegada, la Maria i en Xavier el van poder abraçar i l'Albert va tenir ocasió de conèixer aquell noi amb qui tant havia tingut a veure. La felicitat de l'encontre només es veia torbada per la feblesa evident del malalt.

—Tenim un cotxe a peu de muntanya —anuncià en Xavier, un cop acabades totes les salutacions—. Podem fugir tots cinc.

—És gaire lluny l'equip d'escorcoll? —va preguntar el noi.

—No. Potser aquesta nit seran aquí. Us van localitzar la casa des de l'aire.

—Sí. Helicòpters i tot, els molts malparits... ¿En saben alguna cosa? —va assenyalar la noia bruna.

—No. Però ara el que compta és fugir d'aquí.

El noi va somriure i va agafar la mà d'en Xavier.

—Ja no, company, ja no. Em temo que això s'acaba. Saps, he tingut tres atacs abans d'aquest, si no m'erro, i de cap no n'he sortit tan feble.

—Això no vol dir res! —protestà l'Albert.

—Crec que sí. Fa cinc dies jo estava fort, decidit, esperançat. Sentia créixer dins meu el desig de viure. Fins i tot, a hora foscant... —va mirar la noia bruna, com si demanés disculpes. Ella va moure el cap, com si tragués importància a la notícia, i va dir acabant del tot la frase:

—Vam fer l'amor. Ens estimem, i no hi havia cap mal.

—Vau fer bé —declarà en Xavier. Però la Maria va fer un gest inquiet.

El noi va advertir aquest gest.

—No tinguis por, Maria. Sé que el que tinc podria ser hereditari. La noia va prendre unes píndoles, i no hi ha cap perill.

La Maria va sospirar, alleujada.

—Llavors, sí que vau fer bé.

—Ahir, però, mentre érem al cim vigilant els moviments de les patrulles, vaig tenir un altre atac. He estat inconscient fins aquest matí, més o menys —no va voler dir que no feia ni un quart que s'havia reviscolat—. És la durada normal d'un atac i no seria preocupant si no fos per com em trobo ara.

Aquest parlament havia fatigat el noi i la jove infermera se'n va adonar de seguida.

—Apa, noi —l'animà—. Has de ser fort. És que potser ja no tens aquell desig de viure?

—És clar que el tinc, i t'asseguro que molt més fort encara que el dia que vaig fugir de la clínica. El que passa és que em noto el cos ja massa afeblit. He sobreviscut molt més que ningú no podia preveure però, al capdavall, el meu camí no té sortida...

—És clar que en té —insistí la noia bruna—. Has de viure! T'estimo!

El noi s'estremí. La seva veu ja no era més sinó un fil a penes audible.

—Jo també t'estimo. Us estimo tots. Ningú no pot tenir millors amics que vosaltres. Heu arriscat el treball, el prestigi... Tu, Albert, has estat al meu costat sense conèixer-me, i tu, Maria, sempre t'he tingut a la vora, i tu, Xavier, has hagut de suportar la part més dura. I tu, amor, has estat a prop meu fins al final, compartint una situació difícil... T'estimo, us estimo tots.

Tremolós, fatigat ja fins a l'extrem, va acariciar les mans dels seus amics.

Va besar suaument els llavis de la seva noia.

Després, recolzà el cap sobre el coixí.

Prop d'un quart d'hora s'escolà en un silenci absolut, dins la cova magatzem. Ningú no parlava, ningú no es movia. Tots tenien encara una certa esperança.

Fins que el noi, amb un somriure tranquil, amb la dolçor i la pau d'un petó a mitja llum, va morir.

ÍNDEX

Primera part

1. Hora de visita 11
2. La notícia 19
3. La veritat 27
4. El prec de la fosca 34
5. El dret a morir 42
6. Nit a Gràcia 53
7. Els viaranys de la fosca 61
8. Els darrers dies 66
9. Tan sols un noi 72

Segona part

10. Fins quan? 81
11. La noia bruna 89
12. Sense conèixer els noms 96
13. Paraules en la nit 102
14. Gairebé inevitable 109
15. Inici de setge 120
16. La darrera recerca 130